ベリーズ文庫

旦那様は溺愛暴君!?
偽装結婚なのに、イチャイチャしすぎです

夏雪なつめ

JN167514

STARTS
スターツ出版株式会社

目次

旦那様は溺愛暴君!? 偽装結婚なのに、イチャイチャしすぎです

特別書き下ろし番外編

旦那様は溺愛暴君!?
偽装結婚なのに、イチャイチャしすぎです

一　愛なんて、そのうち

窓の外では緑色の葉が風に揺れる、五月の第二木曜日。

壁に掛けられた時計が夕方五時を示す頃、デスク前の電話が勢いよく鳴った。

「お電話ありがとうございます。『キャニオンペリー』第二服飾事業部営業一課、桐《きり》島《しま》でございます」

受話器を取って発する声は、普段の声よりワントーン高く、それでいて落ち着いたものだ。

胸もとまである茶色い髪を耳にかけ、相槌《あいづち》を打ちながら話を聞くと、それは取引先からの電話だった。

「申し訳ございません。ただ今担当の者が席をはずしておりまして、よろしければ私のほうでご対応させていただきます」

そして要件を聞き、会話を終えるとゆっくり電話を切った。

キャニオンペリー。うちの会社は、大手アパレルメーカーを親会社に持ち、東京《とうきょう》・日本橋《にほんばし》に本社を構える服飾雑貨メーカーだ。

インテリア雑貨を扱うインテリア事業部と、軽衣料などのウェア関係を扱う第一服飾事業部。そして靴やバッグなど小物関係を扱う、ここ第二服飾事業部から成るこの会社の社員は総勢百名ほど。直営店舗も持っているが、主に百貨店や専門店などの取引先に自社製品を卸している。

私、桐島彩和《さわ》はそこで営業として働く、二十六歳だ。

もともとは経理部所属だったけれど、一年ほど前に営業一課へ異動となった。

それまでの仕事とはまったく違っていたので覚えるまでが大変だったけれど、今では数社の取引先を持ち成績も上々。それなりにうまくやれていると思う。

「桐島さん、悪い。明後日《あさって》までにって頼んでおいた会議資料って、急いでもらうことできる？」

先輩である男性社員にそう声をかけられ、私はうなずく。

「それでしたらちょうど先ほどできましたので、メールしておきました。内容的に少し足したほうがよさそうなところも加筆してありますので、ご確認お願いします」

「本当!?　さすが桐島さん！」

部署ごとにパーテーションで区切られた広いオフィスの中、彼は自分のデスクでメールを確認すると、納得した様子でこちらへ来た。

「ありがと、助かったよ。お礼に今夜メシでもどう？　ごちそうするよ」

「すみません、今夜は用事があって」

「そうなんだ、残念。じゃあまた今度誘うから、予定空けておいて」

食事の誘いに対して、にこりと笑って断る私に、彼は残念そうに言うとオフィスをあとにした。

予定を空けておいてと言われても……。職場の人とプライベートの時間まで付き合うつもり、ないんだよね。

下手に関わると、知られたくないことも知られてしまいそうだし。

そんなことを考えながら、定時も過ぎたしそろそろ上がろうと荷物をまとめる。

すると、部屋の端からコソコソと話す声が聞こえた。

「あれ、誘う口実が欲しくて桐島さんに仕事頼んだよねー」

「さすが『完璧女子』。相変わらずモテる」

気づかれないよう横目で見ると、そこには同じ部署の女子社員たちの姿がある。

『さすが』という言葉がいい意味で言われていないことくらい、声のトーンでわかる。

その証拠に、続けられる言葉は嫌な噂話ばかり。

「でもたしか桐島さんって、年上の御曹司と同棲してるんだっけ」

「え？　年下の男子大学生飼ってるんじゃなかった？」

「ていうかこの前営業で大きな契約取ってきたのって、取引先をあの手この手で落としたかららしいよ」

えーっ、嘘ーっ、と密やかに盛り上がる声は、一応聞こえないようにしているつもりなのだろうけれど、丸聞こえだ。

けれどそれに対してなにひとつ反論することもなく、私は白いショルダーバッグを手に立ち上がる。

「すみません、お先に失礼します」

にこりと微笑み言った、たったひと言。それに気圧《けお》されたかのように、顔を引きつらせ「お、お疲れさま……」とつぶやいた彼女たちを尻目に、私はヒールをコツコツと鳴らし部屋を出た。


毛先を巻いた茶色い髪と、淡いミントグリーンのスカートの裾を揺らし、廊下を歩いていく。たったそれだけの動作に、すれ違う人々の視線がついてくるのを感じた。そのたびに、背筋がピンと伸びる。

年上の御曹司と同棲なんてしていない。

年下の男子大学生なんて飼っていない。

大きな契約は、こちらの出した条件がたまたま向こうの要望に合ったから成立しただけ。

なのに、なにも知らない周囲は勝手に話をつくり上げて、好きなように触れ回る。

その結果、いい意味にも嫌みにも取れる、『完璧女子』という称号がつけられてきた。

そしてそう呼ばれるたび、私は思うのだ。

人の噂はあてにならない。そして、私の外面は今日もみんなをうまく騙せている、と。


日本橋にある会社を出て、寄り道もせず一直線に中野《なかの》にある自宅へ帰る。

駅からほど近い五階建てのマンションは収納多めの1LDK。オートロック完備で近くにコンビニもある、ひとり暮らしにはピッタリの物件だ。

会社からやや距離はあるけれど、その便利さと安全面から即決めて入居してから三年になる。

なにより、職場から離れているので会社の人と遭遇することもないし、仕事のことも完全に忘れられるところがいい。

ここに帰ってきて、私はようやく本当の私になれるのだ。

「あーっ、疲れたー！」

声をあげながら部屋に入ると、私はヒールを脱ぎ捨てる。

ストッキングも即脱いで、ひらひらとしたスカート、少し高いジャケット、小ぶりなダイヤのネックレスも、すべて取っ払う。そしてジャージに着替えた。

綺麗に巻いていた髪は一本にまとめ、前髪はクリップで留め、コンタクトもはずしてメガネにする。もちろんメイクも即落とし、素の自分に戻る。

ソファに座り、すぐテレビの電源を入れると、録画しておいた番組をつけた。

画面にパッと映し出されたのは、二次元のかっこいい男の子たち。キラキラな衣装を身にまとい、マイクを片手に踊るアイドルを目指す男の子たちのアニメだ。

「あぁ……会いたかったよ、涼宮《すずみや》くん！　相変わらず今日もイケメン～！」

先ほどまでの余裕の微笑みはどこへやら。だらしなくにやけた顔で、ひとりでテレビに向かって声をあげる。

そう、これが本当の私だ。

会社での『完璧女子』はすべて演技。本当の私は、コンタクトよりメガネがラクだし、ヒールの靴は苦手だし、スカートよりジャージがいい。

だいたい御曹司にも大学生にも興味はないし、そもそも彼氏もいない。というか、現実の男に興味がない。

愛するのは、今一部の女子に人気のアニメ『ダンシングプリンス』の主要キャラのひとりである涼宮ソラくんだけ。

はぁ……やっぱり涼宮くんは素敵だ。金髪碧眼というビジュアルがいいのはもちろん、クールで女嫌いなのに、実は女手ひとつで育ててくれたお母さんに恩返しをするために日本一のアイドルを目指しているというけなげさもいい。さらになんでもできるように見えて実は努力家というところもいい。

キュンキュンする胸をこらえるように、置いてあった涼宮くんの巨大ぬいぐるみを抱きしめる。

ポスターやキーホルダー、ぬいぐるみに等身大タペストリーまで、たくさんのグッズに囲まれる中、ニヤニヤとした顔でテレビを見つめる自分の姿が目の前の鏡に映り、ふと我に返る。

「……こんな姿、会社の人たちには絶対に見せられないよね」

はは、と苦笑いがこぼれるけれど、視線はすぐまた目の前のテレビに向かう。

子供の頃から、アニメやゲームが大好きだった私。高校生までメイクのひとつもせず、メガネをかけた黒髪で、おまけに性格も内気で、暗いタイプだった。

けれど、高校三年生の頃に初めて三次元の人に恋をして、あえなく失恋。

『お前みたいな根暗なオタクと付き合うわけねーだろ』

あまりにもストレートすぎるその言葉に、さすがに傷ついた。けれどそれをきっかけに変わりたいと思い、大学デビューを決意した。

髪の色を少し明るくして、コンタクトにし、服装も変えた。メイクも覚えてダイエットもして、表情や話し方も研究した。

大学は地元から離れた東京を選び、そのために必死に勉強もした。

その甲斐あって、大学から私は別人のようになった。

周りに否定されたくなくて、嫌われたくなくて、完璧な人間を装うようになった。

その一方で様々なアニメや漫画にハマってはグッズを集めてイベントに通ってとオタクっぷりにはいっそう拍車がかかった。

そんな一面を徹底して隠した末、ひとり彼氏ができたものの、本当の自分をカミングアウトしたら、ドン引きされて別れ話となった。

おかげでいっそう本当の自分を出せなくなってしまった。

こんな私を知っているのは、遠い地元の数少ない友人と家族くらい。それ以外には誰とも本音で話せないし、踏み込んだ仲にはなれない。恋人もできない。

だけど、それでいい。

『今日も、俺たちの歌でお前を骨抜きにしてやるぜ』

「きゃー！　かっこいいー」

画面に向かって夢を見るだけの日々でも、いいのだ。

うっとりとテレビを見つめていると、不意に手もとのスマートフォンがピロンと鳴る。

誰だろうと画面を見ると、それは母からのメッセージだった。

【神崎《こうざき》さんが近々またあなたに会いたいそうです。予定空けておいてね】

その短い文の中の『神崎さん』の名前に、「げ」と思わず低い声が出た。

神崎さん……できればもう二度と会いたくないんだよなぁ。

そう思うと予定を空けるどころか返信することも嫌になってしまい、画面をホームに戻す。

神崎さん、というのは母の知人の息子さんで、母が私の結婚相手にと勧める相手。早いところがお見合い相手というわけだ。私も一度会ったけれど、かっこいいし、しっかりとした人だった。

母からすれば、いい年してアニメばかり見ていないで早く身を固めなさいということなのだろうけれど……。あいにく私は現実の男性に興味はないし、仕事もまだまだがんばりたい。それに、神崎さんとのお付き合いには気がかりな点もあるし。

「あーあ、やだやだ！　涼宮くん見て忘れよっと」

頭の中に思い出された嫌な記憶をかき消すように、私はスマートフォンを放り投げた。

「ふぁー……」

翌朝。出勤してきた会社のトイレで、大きなあくびが出た。

って、いけないいけない。どこで誰に見られるかわからないんだから、表情ひとつにも気をつけなくちゃ。

そう言い聞かせ慌てて顔を両手で押さえて気を引き締める。

昨夜は勢いに乗って、劇場版ＤＶＤも見ちゃったからなぁ。しかも本編に加え特典映像もばっちりと。

でもやっぱり、何度見ても涼宮くんは最高……。オタク人生の中でも一番ハマっているキャラだわ。

そんなことを考えながらトイレを出てオフィスへと向かう。

するど、廊下の端からなにやら女性たちのざわめきが聞こえた。

なんだろう、と目を向けると、その場の人々の視線の先には、グレーのスーツを着たひとりの男性の姿がある。

小さな顔にバランスよくおさまった二重まぶたの目に高い鼻、薄い唇。綺麗な顔立ちに茶髪の無造作ヘアというギャップがまたかっこいい。

彼がすらりとした足で廊下を歩くだけで、その場は芸能人でも来たかのような騒ぎになっている。

あぁ、津ヶ谷《つがや》さんか。

とくに興味なくその光景を見ていると、すれ違う女性社員たちが頬を赤らめて興奮気味に言った。

「あー、津ヶ谷さん今日もかっこいい！　素敵～！」

「なんてたって、うちの会社の王子様だもんねぇ」

『王子様』。そう呼ばれ囲まれる彼を見ていると、ひとりの女性が彼へ声をかけた。

「津ヶ谷さん、今日は外回りないんですか？」

「うん。今日はミーティングもあるし、一日中社内だよ」

穏やかな声でそう言って、にこりと笑う彼からはキラキラとしたオーラまで見えてきてしまう。

「あっあの、よかったらお昼ごはん一緒に食べませんか？」

「あー……ごめんね。今日は後輩と約束してて。また今度誘って」

食事の誘いに対しても穏やかに断ると、彼はオフィスに入り営業一課のデスクへと向かった。

断り方も優しい。さすが王子だ。その光景を見ながら感心してしまう。

彼は津ヶ谷愁《しゅう》といって、私より三歳年上の先輩だ。私と同じ第二服飾事業部で営業として働いている。

パーツ一つひとつが整った顔に、一七八センチのすらりとしたスタイル。営業成績もナンバーワンで、性格も優しく温厚で紳士的。

欠点などひとつもない、パーフェクトな人だ。

それゆえに、取引先からの信頼も厚い。社内でも上司、後輩、男女問わず人気者。中でも女性からの人気はものすごくて、彼が社内を歩けば行く先々で黄色い声があがるのだ。

その結果、ついたあだ名は『津ヶ谷王子』。

あれだけ完璧な人なら、王子の呼び名にも納得できちゃうよね……。まぁ、私には涼宮くんがいるから興味ないけど。

そんなことを心の中でつぶやきながら、私も部屋に入り自分のデスクに着いた。

津ヶ谷さんとは同じ部署で同じ営業、とはいえお互い外回りが多く、あまり接点はない。

私の教育係はほかの先輩だったし、同じオフィスにいたとしてもほかの女の子と同じようにキャーキャーと騒ぐのは『完璧女子』としていただけない。……それに、しょせん私はもとは根暗で地味な女子だ。みんなの憧れの王子相手に話しかける勇気もない。

あれこれ考えながらなにげなく、少し離れた所にある津ヶ谷さんのデスクへ目を向けると、不意にこちらを見た彼と目が合う。

しっかりと交わった視線に、つい心臓はドキリと跳ねる。それを顔に出さないようにこらえていると、津ヶ谷さんはにこりと優しく微笑んで視線をはずした。

目が合った瞬間微笑むなんて……なんてそつのないしぐさ。

さすが津ヶ谷王子。外面を繕っただけの偽物の私にとってはまぶしすぎる。

彼のような、優しくて人望のある本物の王子様なら、きっと恋人もいるのだろう。

王子様に愛される人って、どんな人なんだろう。美人だったり優秀だったり、品があったり、きっとすごい人なのかな。

……いずれにせよ、私のような作り物の女ではないことだけはたしかだ。

そう思うと、どこか自分が情けなく思えた。

そんな気持ちを振り払い、今日も仕事に取りかかる。

今日は私も外回りはなく、事務作業と営業一課全体でのミーティングを終え、あっという間に昼休みの時間を迎えた。

午後は取引先への電話連絡しておかなきゃ……その前にとりあえずごはん行こう。

今朝コンビニで買っておいたパンふたつとお茶、スマートフォン、貴重品などをミニトートに入れて持ち席を立つと、ちょうどこちらへやって来た男性社員に声をかけられた。

「桐島さん、今からお昼？　よかったら一緒にどう？」

「すみません、ちょっと予定が」

申し訳なさそうに眉を下げやんわりと断ると、足早に部屋を出る。

ごめんなさい。本当は予定なんてないけれど、お昼くらいはひとりで過ごしたい。

なぜなら、午後の仕事も乗りきるためにお昼は涼宮くんに浸りたいから……。

機嫌よくひとりでやって来たのは、自分たちが普段いるオフィスフロアのひとつ上の階。

ここは商品倉庫が主になっており、業務時間以外はあまり人が近づかない所だ。

そのフロアの端にある、小さな資料室。そこに入ると私は今日もよく日のあたる窓際で、段ボールに腰を下ろし食事を始めた。

もちろん、手もとのスマートフォンでは涼宮くんの動画を流しながら。

普段は外回りしていて外食が多いから人目は気にならないけれど、オフィスにいるとどうしても気になる。もちろん、人前で涼宮くんの動画はおろか画像すら見ることはできないし。

どうしたものかと悩んだ末、たまたま見つけたのがこの資料室の一角だった。

人けはないし、埃っぽさもないし、今日みたいに晴れた日にはよく日もあたって絶好のお昼スポットだ。

あぁ、これで午後もがんばれるよ、涼宮くん……！

画面の中の彼を見て、「んふふ」とつい声を漏らしながら表情を緩ませる。

それにしても、今日はいい天気だなぁ。日差しも暖かいし、昨日寝不足なせいもあって余計眠くなってしまう。

少しくらいなら昼寝しても大丈夫かな。どうせ、誰も来ないし。午後の仕事の時間に間に合えば……。

すっかり気を緩ませ、まぶたが重くなりうとうととしてしまう。

本当は、ありのままの自分でいられたらラクだろうと思う。

だけど、こんな自分、誰も受け入れてくれないこともわかっている。

嫌われたくない、否定されたくない。そんな気持ちが、『完璧でさえいれば大丈夫』と見栄を張っていく。

……でも、疲れちゃうよ。こんな自分を受け入れてくれる人といたいと、望んでしまう。

その時、ふとなにかが頬に触れた気がした。

「ん……」

微かなくすぐったさにそっと目を開くと、目の前にはこちらを覗き込む茶色い瞳の彼、津ヶ谷さんの顔があった。

「ふぇ……へ!? つ、津ヶ谷さん!?」

驚き飛び起きる私に、彼はおかしそうに笑う。

「ごめん。よく寝てたのに起こしちゃったね」

「い、いえこちらこそ……すみません」

「でもあの桐島さんも昼寝するんだね。しかもこんなマニアックな所で」

津ヶ谷さんの言葉にはっと現状を理解する。

こんな所でひとりでお昼を過ごしているなんて知られたうえに、昼寝しているところまで見られるなんて……最悪だ。

恥ずかしさで熱くなった顔が、今度はサーッと冷めていくのを感じた。

「は、恥ずかしい。すみません、みっともないところをお見せして」

「気にしないで。むしろ桐島さんの意外な一面が見られてラッキー、ってところかな」

けれど津ヶ谷さんはからかったり引いたりする様子も見せず、むしろ笑って流してくれた。

いい人だなぁ。これが王子と言われる所以《ゆえん》だろうか。

感心していると、津ヶ谷さんは私の乱れた前髪を指先でそっと整え、小さく微笑む。

「だけど、桐島さんみたいな綺麗な人が無防備な姿でいるのは危ないから、気をつけてね」

それは、褒め言葉に加え気遣ってくれるひと言。その言葉に胸はキュンと強くときめく。

お、王子様……!

次の瞬間、壁に掛けられた時計が昼休み終了五分前を指していることに気づく。

「あっ、時間! すみません、失礼します」

そして、お茶と財布などの貴重品を入れたミニトートを手に、慌ただしく資料室を飛び出した。

び……びっくりした! なぜあそこに津ヶ谷さんが⁉

しかも、寝顔まで見られるなんて……口開いていなかったかな、いびきとかかいていなかったかな。あぁ、不安!

だけど、どんなみっともない姿だろうと、彼はああして私に恥ずかしい思いをさせないように気遣ってくれたのだろう。

そういえば仕事の用事以外でまともに話したの、初めてな気がする。

相変わらず、穏やかな声。笑顔も優しくて、物腰も柔らかい。やっぱり、彼は本物の王子様だ。

興味ない、なんて言いながら、彼のオーラにあてられてドキドキしてしまう自分がいる。

午後も電話連絡や事務作業など、忙しなく業務に追われ今日も定時を迎えた。

「お先に失礼します」

そう言ってオフィスを出て……いつもならエレベーターで下へ向かう私が今日向かったのは上のフロアだった。

お昼休み、慌てて資料室を出たせいで、その場にスマートフォンを忘れてきちゃったんだよね……。

誰にも拾われていませんように。

なにせスマートフォンの中には愛しの涼宮くんをはじめ、愛しいキャラクターたちの画像やら動画やらがたくさん入っているから……！

しかも今日に限って、今朝配信されたばかりの涼宮くんの新作イラストをロック画面に設定してしまっている。誰かに見られでもしたらピンチだ。

こそこそと資料室へ入り、室内を見回して誰もいないことを確認する。

そしていつも自分がいる窓際の定位置を見るが、そこにはスマートフォンはない。

あれ？　おかしいな、誰か拾っちゃったのかな。

総務部に届けられたりしていないか聞きに行こうかな、そう思った瞬間だった。

「探し物、もしかしてこれ？」

その声に驚き振り向くと、そこには津ヶ谷さんが立っていた。彼が手にしているのは、青いカバーの私のスマートフォンだ。

「あっ、それです。お昼休みに忘れていっちゃったみたいで」

「やっぱりそうだったんだ。落ちてたから、もしかしたら桐島さんので、帰りに取りに来るかなと思って預かってたんだ」

「ありがとうございます、助かりま……」

そう言いながらスマートフォンを受け取ろうと手を伸ばす。ところが、掴もうとした私に対し、彼はそれをかわしてしまう。

……ん？

もしかして、からかわれている？

「あはは、津ヶ谷さんってばからかわないでくださいよ。返してください」

笑顔をつくりながらまた手を伸ばすけれど、彼はまたかわす。伸ばしてはかわされを何度か繰り返し、さすがにこちらの笑顔も引きつる。けれど、津ヶ谷さんはにこにことした笑顔のまま。

「聞きたいことがあるんだけど、いい？」

「はい？」

「桐島さん、結婚するの？」

け、結婚？

「えっ、どうしてですか？」

「拾ったときにちょうどメッセージがきてさ、内容少し見えちゃったんだ。ごめん」

津ヶ谷さんは申し訳なさそうに眉を下げる。

それはきっと、母からのメッセージだったのだろう。昨夜からいっこうに返事をしない私に痺れを切らして、再度送ってきたのだと思う。そしてその文の中に、『お見合い』だとか『結婚』の文字が入っていたのだろうということまで察した。

「いいえ。結婚というか、母から結構強くお見合いを勧められていて」

「その気がないなら断ればいいのに」

「そうなんですけど……」

穏やかな口調で正論を言う彼に、少しためらってから本音を話すことにした。

「そのお見合い相手が、一流企業勤めで誠実で優しくて、見た目もよくて、母がとっても気に入っていて。相手も私を気に入ってくれているみたいで……でも」

「でも？」

「一度ふたりで会ったときに言われたんです。『結婚したら仕事も辞めて僕のために尽くしてくれるだけでいいから』、『僕は綺麗で完璧な君だから結婚したいんだ』って」

お見合い相手ですらも、私の外面しかみていない。

そんな結婚で幸せになんてなれるわけがない。だけど、彼を気に入っている母にその言葉を伝えることもはばかられる。

そんな私の話を、目の前の津ヶ谷さんは真剣な顔で黙って聞いてくれていた。

って、やだ私。津ヶ谷さん相手になに話しているんだか。

「すみません、こんな話。私もう行きますね」

沈みそうになる気持ちをぐっとこらえて笑う。すると津ヶ谷さんは手にしていたスマートフォンをこちらへ差し出す。

それを受け取ろうと私も右手を伸ばした、その時だった。津ヶ谷さんは突然、私の右手を掴み体を引き寄せる。

「わっ」

突然触れた手と、密着する体にドキッと心臓が跳ねた。

えっ、ち、近い！

待って待って待って、なにを、いきなり！

「つ、津ヶ谷さん……？」

「桐島さん、うまくお見合い断る方法がひとつだけあるんだけど」

「え？」

うまくお見合いを断る方法……？

そんなものがあるのならどんなことでもやってみたい。いや、やってみせる。

「なんですか？　教えてください。私なんでもします」

藁にもすがる思いでそう口にすると、津ヶ谷さんはにこりと微笑む。

「俺と、結婚しよう」

結婚……って、結婚？　津ヶ谷さんと、私が？

「へ？」

意味がわからず、思わずきょとんとする私に津ヶ谷さんは笑顔のままだ。

「俺と結婚すれば桐島さんもお見合いしなくていいし、誰も傷つかない。とってもいい作戦だと思うんだけど」

「で、でもそんな……」

そんな、まさか。あの津ヶ谷さんが私にプロポーズだなんて。

あまりに突然のことに頭がついていかない。

でも私の事情に彼を付き合わせるわけにもいかないし、こんなふうに結婚するなんてダメだ。なにより彼のためによくない。

そう思い、断ろうとした。けれど彼はそんな私の心の中を読むようにふっと笑って私のスマートフォンを見せる。

そのロック画面には、にこやかに笑う涼宮くんの笑顔……。

スマートフォンの画面と、津ヶ谷さんの笑顔。それだけで、彼がなにを言わんとしているかが伝わり、血の気がサーッと引く。

「あ、あの、それはその……」

「いやー、意外だったなぁ。桐島さんがひとりでこっそりイケメンアニメを楽しんでいたなんて。オフィスのみんなに言ったらきっとイメージ崩れちゃうだろうね」

「そっそれだけはご勘弁を！」

ますます顔を青くする私に、彼は笑顔のまま、右手で私の顔をガシッと掴む。

「だよな、断るなんて言わないよなぁ？」

私の目をしっかり見る強気な目と、低い声に偉そうな口ぶり。

って、この人本当に津ヶ谷さん⁉

つい先ほどまでのにこにことした笑顔とは真逆の顔つきに、ただただ驚くしかできない。

「あ、あの……先ほどまでの津ヶ谷さんは、どこへ……」

「あぁ？　俺に決まってるだろうが。同一人物だ」

「う、嘘！　津ヶ谷さんは優しくて、笑顔が素敵で、そんな偉そうな言い方しなくて……」

　にこっと一瞬でいつも通りの津ヶ谷さんの笑顔を見せる。けれどまた一瞬で、つい先ほどの黒い笑顔に変化する。

　けれどそれはやはり、正真正銘同じ人物で、同じ顔でも表情が違うだけでこんなにも別人に見えてしまうのかと唖然としてしまう。

　つまり、私をはじめ周囲の人が知っている津ヶ谷王子としての姿は外面だということ。そして、この偉そうでキツい物言いの彼こそが本性なのだということ。

「さ、詐欺……！」

「一見『私完璧ですから』って顔して、裏ではアニメ見てニヤニヤして楽しんでるお前だって、似たようなものだろうが」

　うっ……。反論できない。

「王子が表向きの顔だってことはわかるとして、結婚ってどういう意味ですか……」

「あー……面倒くさい。来い」

「は⁉」

津ヶ谷さんは私の腕を引き歩きだすと、資料室を出てエレベーターに乗る。みんなの憧れの津ヶ谷王子に腕を引かれる、というシチュエーションにとぼける間もなく、私はただ彼についていくことしかできない。

そして会社を出た津ヶ谷さんは、近くの通りでタクシーを拾うと私と一緒に乗り込んだ。

「すみません、この住所まで」

スマートフォンの画面を見せる津ヶ谷さんに、運転手はうなずくと車を出した。

なんでタクシー？　いったいどこへ？

どうしよう、なんでこうなったんだろう、私はどうなるんだろう。

混乱する頭で必死に考えるけれど、余計混乱するだけで考えはまとまらない。

車に揺られながら頭を抱える私の隣で、津ヶ谷さんは口を開いた。

「俺の親は『アキノグループ』の経営者でな」

「え？　アキノグループって……うちの親会社じゃないですか⁉」

「あぁ。母親が社長、父親が秘書兼サポートって形でやってる」

アキノグループといえば、国内でも有数の大手アパレルメーカーだ。うちの会社も数年前に吸収され、子会社となっている。

けど、社長の名前は津ヶ谷じゃなかった気がするけど……お母さんは旧姓のまま働いているのかな。

ということは、もし津ヶ谷さんが長男だったら、アキノグループの次期社長⁉

「そうだったんですね。アキノグループがあるのに、津ヶ谷さんはどうしてうちの会社に？　向こうの会社で働かないんですか？」

「子会社の社員として働きながら、その立場から親会社を見る、まぁ社会勉強ってところだ。来年にはアキノグループ勤務になる予定」

は、はぁ……。社長の息子にも見えないところでの苦労がいろいろあるんだなぁ。

自分にはほど遠い世界の話に、気の抜けた声が出た。

「だが、会社を変わる機会にそろそろ結婚をと言われて、親から見合い話を持ちかけられてる。会社の利益になるような相手だったり親の知り合いだったり」

「お見合い、ですか」

「このままじゃ、強引に見合いさせられて丸め込まれるのが目に浮かぶ。あの親なら本当にやりかねないし……」

そんな光景を想像したのか、津ヶ谷さんは穏やかな口調で話しながらも、頬杖をつき窓の外を見て「チッ」と舌打ちする。

あの津ヶ谷さんが、舌打ち……。

ああ嫌だ。悪夢でも見ているかのようだ。

「でも、なんで私なんですか？　津ヶ谷さんならいくらでも選べるじゃないですか」

「王子なら、な」

それって？

意味を問うように首をかしげる私に目を向けることなく、彼は窓の外を見たまま。

「結局、俺の本性を知れば相手は逃げていくだろうし、見合いの時にうまく騙せたとしても結婚して一緒に暮らせば結局バレるだろうし。そうなるとお互い不幸だろ。なら、いっそ、最初から打ち明けたうえで逃げられない相手と結婚すればいいってわけだ」

……つまり、その逃げられない相手という条件に、お見合いを断りたがっているうえに弱みまで掴んだ私がピッタリだったというわけだ。

「鬼……」

「なんとでも言え。こっちだって人生がかかってるからな」

私たちの会話をうかがうように、運転手がルームミラー越しにこちらを見る。その視線に、私も津ヶ谷さんから顔を背けるように窓の外へ顔を向けた。

「けど、俺だって誰でもいいわけじゃないし、まずは選ばれたことに喜べ」

「えっ、そうなんですか？」

そっか、少しくらいは私にいい印象を持ってくれていたということ？

一瞬で機嫌を直し、津ヶ谷さんのほうを見る。ところが。

「まぁ、桐島の外面に対しての評価だがな」

そのセリフとともにフン、と鼻で笑われ、すぐさま自分の顔が不機嫌なものになるのがわかった。

悪かったですね、外面だけの女で……。

車が港区を走っていることに気づき、そういえばどこに向かっているのだろうと今さらながら疑問に思う。

「ところで、どこに向かってるんですか？」

「俺の家」

「へ？」

津ヶ谷さんの、家？

って、どうして？

不思議に思っていると少ししてタクシーが止められた。サッと支払いを済ませた津ヶ谷さんに続いて降りると、目の前には大きな外壁と門を構えた日本家屋が建っている。

お、大きい……!

ぽかんと口を開けていると、彼は黒い門を開けて中に入ると私を手招く。

「ここが津ヶ谷さんの家、ですか?」

「俺の、というかうちの持ち家のひとつだ。あと青山《あおやま》に実家があって、国内外にいくつか別荘がある。ここは俺ひとりが住んでるのと、普段は家政婦の小西《こにし》さんがいるくらい」

「は、はぁ……」

『持ち家のひとつ』、『別荘』、『家政婦』……。

次々と発せられるお金持ちならではの発言に、やはり私は気の抜けた返事しかできない。

門から玄関までの石畳を歩きながら辺りを見回すと、敷地内には綺麗に手入れされた大きな松の木が並ぶ。

よそ見しながら歩いていると、不意に足を止めた彼の背中に顔をぶつけた。

「いった……なんですか、いきなり」

す。

「へ？」

ぶつけた鼻をさすりながら首をかしげると、津ヶ谷さんは私の前に指を二本差し出
「気に入らないお見合い相手と付き合って流されるように結婚するか、俺と結婚する
かの二択だ」

「は……？」

「それ以外の選択肢はない。今ここでどちらかを選べ」

そしてそれ以上の問いはさせないというように、玄関の引き戸を開けた。

目の前に広がる玄関に、家の奥からバタバタという音とともにひとりの女性が姿を
現した。

五十代くらいだろうか、ショートカットのふんわりとした髪を揺らしたややふくよ
かな中年女性。エプロンを身につけた彼女は、笑って津ヶ谷さんを出迎えた。

「おかえりなさいませ、愁さん」

「ただいま、小西さん」

先ほどまでの偉そうな顔はどこへやら、にこりと微笑み答える津ヶ谷さんに一瞬

ギョッとしてしまう。

お手伝いさんの前では王子なんだ！

小西さんと呼ばれた彼女は私の姿を見つけると、珍しいものを見るように目を丸くする。

「あら、そちらは？　会社の方ですか？　でも愁さんが誰かをお連れするなんて珍しい、しかもお若いお嬢さん……もしかして」

小西さんのその発言から、私は瞬時に理解した。先ほど津ヶ谷さんが、『今ここでどちらかを選んで』と言っていた意味を。

津ヶ谷さんのお手伝いさん、つまりは身内の前で、『ただの後輩』を名乗るか『婚約者』を名乗るか。私にはその二択しかないというわけだ。

ど、どうしよう。いや、どうしようもなにもいきなり結婚はないでしょ。

相手があの津ヶ谷王子だとしてもないけれど、さらにそれがただの外面で、本当は腹黒な男だとわかったうえならなおさら。

じゃあここで『ただの会社の後輩です』と言って帰る？　いや、そんなことをすればお見合いを断る口実がなくなってしまう。母と相手に丸め込まれて付き合って結婚させられてしまう。

運よくそれを逃れられたとしても、津ヶ谷さんが会社のみんなに私がオタクであることをバラしてしまうかもしれない。

『桐島さんって昼休みにひとりでアニメの動画とか見てるらしいよ』

『なにそれ、オタクじゃん。引くわー』

『普段完璧なフリしてても裏でなにしてるかわからないよね』

みんなが噂をひそひそと話す。そんな光景が簡単に想像ついて、背筋がゾッとした。

見た目も仕事も振る舞いも、多少無理をしてでも完璧に近づけるよう装ってきた。

大学受験も必死にがんばったし、就活だって苦労してようやく受かった大手企業だ。

そんなこれまでの苦労が無駄になる。そんなの絶対に嫌。

それに、否定されたりドン引きされたり、あの頃のような思いをするのはもう嫌だ。

一瞬のうちに、いろいろなことが頭を駆け巡った。

……絶対に、嫌。

その思いが胸にぐっとこみ上げた瞬間、自分の中でなにかが吹っきれた音がした。

そして、意を決して口もとに笑みを浮かべた。

「は……はじめまして。津ヶ谷さんと結婚を前提にお付き合いをさせていただいています、桐島彩和です」

言ってしまった。

肩を震わせ、引きつりそうになる顔を必死に笑顔でごまかす。それを見て、隣に立つ津ヶ谷さんがふっと笑うのを私は見逃さなかった。

そんな私に、小西さんは「あらあらあら！」とうれしそうに表情を明るくした。

「そうだったんですか！　もう愁さんてば彼女さんを連れていらっしゃるなら、ご連絡のひとつくらいくださいな！」

「あはは、ごめんね。小西さんのことびっくりさせたくて」

「もう、まんまとびっくりしちゃいましたよ！　あっ、彩和さんどうぞお上がりください！　せっかくですし、お夕飯食べていってくださいませ」

小西さんはスリッパを用意すると、そそくさと中へ入っていく。

ふたりきりになった途端、津ヶ谷さんは微笑みをにやりとした意地悪い笑みに変えてこちらを見た。

「期待通りの発言をありがとう。賢い奴で助かる」

む、ムカつく……！

私がどちらを選ぶかなど、彼にはわかりきっていたのだろう。

そりゃあそうだ。神崎さんとお見合いも結婚もしたくない。オタクをバラされたくもない。案の定、津ヶ谷さんの思惑通りに動いてしまった自分が悔しいけれど……。

「じゃあ、とりあえずメシ食う前にこれ。書いておけよ」

「え？」

津ヶ谷さんが鞄から取り出し見せたのは、一枚の紙。それは【婚姻届】と書かれた用紙だった。

「へ⁉　こ、婚姻とど、むがっ」

「声がでかい。小西さんに聞こえるだろ」

思わず声をあげてしまった私の口もとを、津ヶ谷さんは手で塞ぎ黙らせた。

顔を覆ってしまいそうな大きな手に、むがむがともがき、その手から逃れる。

「な、なんで婚姻届なんて……」

「なんで、ってお前が結婚を選んだんだろ」

うっ……。それはそうだけど。まさか本当に婚姻届まで用意されるとは思わなかった。

「安心しろ。会社では当分秘密にしておくし、旧姓で働けるようにするからバレない。あ、週末中に自宅の荷物をうちに運んでおくように」

「へ？　荷物？」

「結婚するんだから一緒に住むに決まってるだろ」

い、一緒にって……ここで!?　津ヶ谷さんと!?

「む、無理無理無理無理！　一緒に住むとか絶対無理！　そもそも夫婦のフリとかならともかく、本当に籍を入れるなんてっ……」

「へぇ？」

笑いながら彼が取り出したスマートフォン。そこには、涼宮くんの動画を見ながらうたた寝する私の姿をおさめた写真が表示されている。

その写真一枚だけで、『これをバラされてもいいのか』と言葉にしなくても伝わってくる。

こ、この男……！

悔しい。不服だけれどそれ以上なにも言えず言葉をのみ込む私に、彼はスマートフォンをしまう。

「心配するな。桐島の今の家は別荘としてそのまま残しといてやるし、もちろん家賃も出してやる。必要なものがあれば買ってやるし寝室はもちろん別だ」

「なんだ、それは安心……って、そうじゃなくて！　結婚っていうのはですね、愛があってこそするもので……！」

条件としては悪くないしそれはそれでありがたいけど、そもそも恋人ですらない相手と結婚なんてありえないでしょ！

そう再び反論をしようとした、その時。津ヶ谷さんは突然顔を近づけた。

かと思えばその瞬間、私の唇を塞ぐ。

しっかりと触れた彼の薄い唇。一瞬、時間が止まったかのように身動きできなくなる私に、津ヶ谷さんは唇を離すと笑みを見せた。

「愛なんて、そのうち芽生えるだろ」

そのうちって、いや、それよりも待って。

い、今……なにを？　キス、した？

津ヶ谷さんが、私に、キスをして……⁉

徐々に実感がこみ上げ、またたく間に耳まで真っ赤にする私の反応に、津ヶ谷さんはなんてことないように顔の距離を離して、靴を脱ぎ家に上がる。

「あ、ひとつ言っておくけど」

「はい？」

「この偽装結婚がバレた時点で俺と桐島との取引はなしだ。つまり、お前の秘密は会社中に知れ渡ることになるから」

は、はぁ⁉

「せいぜいお互いのために、仲いい夫婦でやっていこうな」

にっこりとしたその笑顔は、爽やかで優しい。けれどその奥には黒いものが見え隠れする。

マズい男に秘密を知られ、さらに結婚までさせられ、人生を握られてしまった。

あぁ、どうしてこうなってしまったんだろう。

なんて、後悔してももう遅いのかもしれない。

自分が置かれた状況になにひとつついていけず、私はただ唖然とするしかできなかった。

二　本当の自分

初めて津ヶ谷さんを目にしたのは、入社初日。

同期の子が『かっこいい人がいる!』と騒いでいて、目に入った。

伸びた背筋、柔らかな髪、優しい笑み。それらはまるで王子様のようで、実際に彼が社内で王子と呼ばれていることにも納得ができた。

けれど、最初は部署も違ったから事務的な会話すらしたことがなかった。

同じ部署になってからも、接点などないからまともに話したことはない。それでもなんとなく目に入ってしまうのはどうしてだろうと思っていた。

けど、今ならわかる。

私と同様、彼も『外面』という仮面をつけた人だと、シンパシーを感じていたのかもしれない。


ふと目を覚ますと、そこはいつもと変わらぬ自分のベッドの上だった。

もう、朝……起きなくちゃ。そう思うけれど、月曜日の朝の普段以上にだるい体は、まだ眠い、と寝返りを打つ。すると目の前に広がる景色は、マンションの一室……ではない。

太陽に透けた障子と、木目の天井。フローリングの床と同色の格子窓が、モダンな雰囲気を漂わせ、私の白いチェストがよく似合っている。

あれ、ここどこだっけ……。

横になったままぼんやりと考えていると、不意に襖が開けられた。

「おはよう、彩和」

そこに現れたのは、柔らかな笑顔のキラキラとした王子様……。

「いつまで寝てるんだよ、さっさと起きろ」

「ふがっ」

ではなく、不快そうに眉をひそめて私の鼻をつまむ津ヶ谷さんだった。

寝起きに突然鼻を強くつままれて、寝ぼけていた目もさすがに覚める。

ぼさぼさな頭のままガバッと体を起こし、枕もとにあったメガネをかける。

視界はクリアになるけれど、相変わらずここは慣れない景色だし、目の前にいるのは津ヶ谷さんだ。

「な、なんで津ヶ谷さんが……」

「そりゃあ俺の家にお前が引っ越してきたからな」

あきれた目を向ける津ヶ谷さんに、そういえばと思い出す。

やっぱり夢じゃなかったんだ。

津ヶ谷さんが王子じゃなく王様なことも、本当の私を知られてしまったことも。

それをネタに結婚させられてしまったことも……。

夢であってほしかった、そう今もまだ願いながら寝癖だらけの頭を抱える私に、部屋を見回していた津ヶ谷さんは「……おい」と嫌そうな声を出した。

「つーか、なんだそれ。その悪趣味なグッズは」

彼が指差す先にあるのは、白いチェストの上に飾られた涼宮くんのポスターやぬいぐるみ、缶バッチ、それとキラキラとした飾りがついたうちわ。

「悪趣味ってなんですか！　全部涼宮くんの公式グッズですよ！　このポスターなんてサイン入りのレア物でそのために前日夜から並んで……」

「あーいい。聞きたくない」

本性がバレてしまっているという安心感からか、涼宮くんの話となった途端についスイッチが入ってしまい語りだそうとした私に、津ヶ谷さんは耳を塞いで嫌そうな顔をした。

「さっさと顔洗って居間に来い。小西さんがメシの支度して待ってる」

そしてそれだけを言うと、スタスタと部屋をあとにした。

聞きたくねぇって……自分から涼宮くんの話題を振ってきたくせに。

ベッドから下りると、私は棚の上のグッズを改めて綺麗に飾り直し、顔を洗いに洗面所へと向かった。

二日前、私は津ヶ谷さんと結婚した。

金曜の夜、言われるがままに婚姻届を書かされ土曜の朝に提出。

そのまま私の自宅へ向かうと、そこではすでに引越し業者が来ていて部屋の荷物をまとめており、またたく間に津ヶ谷さんの家へと運ばれていったのだった。

お互いの親に挨拶をするのは後にし、私の親にはとりあえず『結婚を前提に付き合っている人がいるのでお見合いは断る』と電話で伝えた。いきなり結婚報告なんて驚かせてしまうだけだし。

けれど母は『あらそうなの』と意外にもすんなり納得してくれて、正直少し拍子抜けしてしまった。聞くと神崎さんを気に入っていたのももちろんあるけれど、適齢期の娘が仕事に追われるばかりなのを懸念して、急《せ》かしていたのが大きいのだという。

『近いうちに連れてきなさい、お父さんには伝えておいてあげるから』と、電話口で母は笑った。こうしてなんとか、お見合い話は片づいたのだった。

お見合い話がなんとかなったのはよかったんだけど……。大変なのはこれからだ。

まさかの怒涛の展開にこの二、三日は呆然とするばかりで、まったく受け入れられなかったけど……やっぱり、夢ではないんだよね。

聞けば、小西さんはこの家の家政婦として働きながらも津ヶ谷さんのご両親ともよく連絡を取り合っているのだそう。

つまり、家の中でも夫婦らしさを演じなければ、見破られてしまう。そうなれば私の本性を彼によってバラされて、私はおしまいだ。

私には、なんとしてでもこの偽装結婚を貫く、という以外選択肢はない。

ここ数日のことを振り返りながら洗面所でバシャバシャと水で顔を洗うと、やっとしっかり目が冴えてきた。

……ていうか。

今置かれている状況に慣れることで手いっぱいですっかり忘れていたけれど、この前津ヶ谷さん、私にキスしたよね⁉

王子と呼ばれるような人だ、異性に対する免疫や経験が私とは大違いなのだろうけど……だからって、キスしておいて態度が普通すぎるでしょ。

こっちは思い出すたびドキドキしっぱなしだというのに。

まぁ、私なんて過去に彼氏はひとりだけだしね。しかもキスだって数える程度しかしたことがなくて、ついでに言えばそれ以上の行為はしたことがない。

逆に津ヶ谷さんは、モテるし彼女もそれなりにいただろうし、いろいろと経験もしているだろう。

そんな彼からすると、私とのキスなんて挨拶がわりのようなものなのかもしれない。

……そう思うと、ドキドキも一気に冷静なものになる。

『愛なんて、そのうち芽生えるだろ』、なんて彼は言っていたけれど、そんなのきっとその場しのぎの嘘だ。

津ヶ谷さんにとっては、愛なんてなくても見ず知らずの他人と結婚するよりマシ、ではあるのだろう。

「はぁ……」

顔を洗いメイクして、着替えとヘアセットを終えた私は、先ほどまでの寝間着姿から一転し会社用の姿となった。

その姿で、自室として与えられた二階の角部屋から一階に下り、居間へ向かう。

縁側があり、床の間には綺麗に生けた花が飾られたその部屋では、すでに津ヶ谷さんが八人掛けの長いダイニングテーブルに着き食事を始めていた。

ごはんとお味噌汁、焼き鮭とおひたしが並べられたバランスのよい朝食だ。

私の分のおかずが津ヶ谷さんの目の前に用意されており、私はその席に着いた。

「……お前、内面より見た目のほうが詐欺だろ」

「ちょっと。うるさいですよ」

こちらを横目で見てつぶやく彼に、キッと睨んで反論する。悪かったですね！

すると、小西さんがお茶碗とお椀をお盆にのせ台所からこちらへやって来た。

「彩和さん、おはようございます」

にっこりと笑って声をかけてくれる小西さんに、私も笑顔で返す。

「おはようございます。こんな早くから朝ごはんの準備してくださってありがとうございます」

「そんなそんな！　滅相もございません！　家事はすべて小西の仕事ですから！　愁さんも彩和さんも、家のことはお気になさらずに！」

小西さんは誇らしげに言いながら、私の前にお茶碗とお椀を置く。

そう。小西さんは、これまで通り家政婦としてここにいてくれるのだそう。

家賃もタダ、掃除も洗濯もやってもらえて、こうしてごはんも出てくる……そう思うとこの結婚もなかなか悪くないかも。って、そんなわけない！

つられるな、自分！

心の中で強く言い聞かせながら、「いただきます」と手を合わせた後食事を始めた。

熱いお味噌汁をそっとひと口飲めば、飲み慣れたインスタントとは違う、だしのきいた手作りの味がした。

朝から作ったお味噌汁と炊きたてのごはん、ほくほくの焼き鮭……贅沢だ。

つられるな、と言い聞かせたばかりだけれど、おいしさについつい頬が緩む。

そんな私を見て笑いながら、小西さんはダイニングテーブルの脇に立ち、私の湯のみにお茶を注いだ。

「ですがびっくりですねぇ。お付き合いのご報告にいらっしゃったと思ったら、翌日には入籍だなんて！」

「そ、そうですね……」

いや、一番びっくりしているのは私なんですけどね。

そう言いたいのをお味噌汁と一緒に飲み込む。

「彼女とは以前から結婚を前提にお付き合いしていたからね。一緒に住むにあたってきちんとした夫婦になりたいと思ったんだ」

隣でごはんを食べながら、もっともらしいことを言う彼に、余計なことは言わずにうなずいて流した。

「ですが、よろしかったんですか？　お部屋別々で。新婚さんなんですし、一緒に休まれたいんじゃ……」

「夫婦といえどプライバシーはあるからね。お互いに見せられない顔のひとつくらいはあるだろうし。ね、彩和」

小西さんからの問いに答えながら、にこりとこちらへ向けたその微笑みから、『たとえば、お前がアニメオタクだってこととかな？』というひと言が聞こえてくる。

「さすが愁さん！　思いやりのあるお方ですね！」

「は、はは……そうですね」

小西さんはそんな津ヶ谷さんを疑いのない眼差しで見つめて絶賛した。

知らないほうが幸せなことってあるよね……。

つい先日まで知らない側だった自分だからこそ、しみじみ思えた。

食事を終え、小西さんに見送られて家を出た私と津ヶ谷さんは、ふたり並んで駅の方向へと歩いていく。

「……小西さんの前では、相変わらず王子なんですね」

頭ひとつ以上背の高い彼の一歩うしろを歩きながらつぶやくと、津ヶ谷さんはこちらを見ることなくうなずく。

「まぁな。小西さんはうちの母親とかなり密に連絡を取ってるからな。下手な態度や発言をするとバレるから気をつけろよ」

「わかってます」

「あと会社でも今まで通りの距離感でいること。下手に接して結婚のことがバレたら……」

そう言いながら、彼はスーツの胸ポケットからスマートフォンをちらりと見せた。

そこにはたしか、昨日の昼休みのだらしない私が写った写真が収められているはず……！

それを思い出し血の気はサーッと引く。

「わ、わかってますってば！　もう！　それ消してくださいよ！」

「そうだな。そのうち消す」

「そのうちっていつですか！」

話すうちに着いた駅で、津ヶ谷さんは自然と一足先に改札を抜け、ホームの一番端へと向かってしまう。

ここからは別行動、ってわけだ。

ひとりになった私はホームに着くと、彼とは正反対の端に立ち、電車を待つ。

……はぁ、なんでこんなことになっちゃったんだろ。

これまで、見栄や外面で自分を装い周囲の人を騙してきたバチがあたったのか。

ていうか、結婚までしちゃって私の人生大丈夫なのかな。

……でも思えば、私も津ヶ谷さんと同じなんだよね。

外面ばかり繕っているから、誰も本当の自分を知らない。

見せたところで、幻滅されて去られてしまう。

そう思うと、お互いに都合のいい結婚相手なのかもしれない。

そうだ。そう思おう。

結婚した以上この先も一生ひとりではないから老後も安泰！　老後に備えて貯めていたお金を少し使って、今度のアニメのイベントも全公演行ったりとかしちゃおうかな！

無理やり思考を前向きにし、やってきた電車に乗り会社へと向かった。

「あっ、津ヶ谷さんおはようございま〜す。今日もかっこいいですねっ」

「あはは、おはよう。朝からお世辞ありがとう」

「お世辞じゃないですよ〜!」

社員証を首にかけオフィスに入ると、そこではすでに津ヶ谷さんを囲む女の子たちの輪ができあがっていた。

先ほどまで私に対し冷たい目を向けていた彼は、いつも通りの津ヶ谷王子の表情で女の子たちに接している。

「あー、やっぱり津ヶ谷王子かっこいい。目の保養になる〜」

津ヶ谷さんを見て惚れ惚れと言う女性社員の言葉を聞きながら、私は思わず鼻で笑ってしまいそうになるのをぐっとこらえた。

あれは王子というより王様ですけどね……しかも、無駄に偉そうで上から目線の横暴な王様。

あの本性を知れば、今キャーキャーと騒いでいる彼女たちもいっせいに引いてしまうだろう。

もともとそういう人だったらともかく、普段の王子姿からのギャップが余計怖い。

仮面なんてつけなければよかったのに。

……なんて、心の中でつぶやいた言葉はブーメランになって自分にも刺さった。

「桐島さん？　ボーッとしてどうした？」

「え？　あっ、すみません、なんでもないです」

上司に声をかけられハッとした。

いけないいけない、ここではしっかりしなくては。結婚してまで守りたい、完璧な女の仮面をきちんとかぶるように、私はにこりと微笑みを見せる。

「あ、桐島さん悪いんだけどこの資料作成頼んでもいいか？　今日中に」

「え？　あ……」

上司から渡された書類を見て、どのような資料を作るのかと確認すると、それは明日の会議に使用するもの。

なんで前日に言うんだとか、お互い仕事量はあまり変わらないんだから自分でやってよとか、正直なところいろいろ思う。

けど、文句を言うことも断ることも、完璧を演じるうえで自分が許せない。

「……はい、もちろん」

「さすが桐島さん。助かるよ」

不満は微塵《みじん》もこぼさず、笑顔でうなずくと、彼は肩を叩いて去っていった。

そう、私がやればいいだけの話だ。

断ったり嫌な顔をしなければ、完璧な女としての姿は守れる。

完璧な私は、断らないいし、多少の無理をしてでもこなしてみせる。

そう自分に言い聞かせて。


十二時を過ぎ、昼休み。今日も資料室にひとりでやって来た私は、ぐったりとため息をついた。

「はぁ……やっと休憩。疲れた」

資料作成の内容は細かいし、その合間に営業の電話や取引先からの確認もあるし……疲れた。だけどあと少しで終わりだ。

自分の仕事もあるから少しだけ残業になるかもしれないけど、終わりが見えれば気持ちはラクだ。そう思いながら手にしていたミニトートからお弁当箱を取り出す。

ぱかっと蓋を開けて見ると、そこには玉子焼きと唐揚げ、サラダと彩りのいいおかずが詰められている。ごはんもしそとわかめの混ぜごはんだ。

おぉ、おいしそう……！

いつもならコンビニで済ませてしまうお昼ごはん。だけど今朝、『いつも愁さんのお弁当を作ってるついでですから～』と小西さんがお弁当を作ってくれた。ていうか津ヶ谷さん、お弁当持ちだとは聞いていたけれど、小西さんが作っていたんだ。

さっそく唐揚げをひと口食べると、冷めてもおいしく小西さんの工夫を感じられた。見た目だけじゃなくて本当においしい……。

もぐもぐと味わい箸を進めながら、行儀が悪いと思いながらもスマートフォンを取り出して涼宮くんの動画を見る。

おいしいお弁当を食べながら大好きな涼宮くんを見る……なんて贅沢で幸せ。

「うわ……アニメおかずに弁当食うとか、ないわ」

「わっ⁉」

すると、突然背後から聞こえた声。それに驚き振り向くと、そこでは津ヶ谷さんが嫌なものを見るような目でこちらを見ていた。

突然の彼の登場に、私は慌てて動画を止める。

「別におかずにしてるわけじゃないです！　それにごはんの時くらい好きなもの見てもいいじゃないですか！」

口を尖らせ反論し、スマートフォンをトートバッグにしまう。

もう、折角の息抜きタイムにまで現れて嫌みを言うなんて。

「ところで、どうしてここに?」

「食堂でメシ食おうとしたら女子がうるさくて逃げてきた。で、どこで食おうか考えてたら、ここのことを思い出してな」

そう言って、お弁当箱が入っていると思しき袋を持った彼は私の隣に腰を下ろす。

たしかに、津ヶ谷さん普段外回りでお昼時もいないから、いるだけで女性たちは大騒ぎなんだよね。

その中心に囲まれる彼の身になると、たしかに逃げたくもなってしまうかもしれない。

つい苦笑いをこぼしていると、ぱかっとお弁当を開けた津ヶ谷さんの手もとが目に入る。

するとそこには、小西さんお手製の、私のと中身がまったく同じお弁当。おまけにお弁当箱とお箸は、私が赤で彼が黒という以外はまったく同じおそろいだ。

「人前で開けなくてよかったですね……」

「そうだな……」

こんなの、私たちカップルですと言っているようなものだ。

小西さん……わざとなのか、たまたまなのか。

『新婚さんですから！　ラブラブでいいじゃないですか！』とはしゃぐ小西さんの姿が簡単に想像ついた。

それにしても。あんな大きな家に住んで、お手伝いさんもいるなんて、津ヶ谷さんって本当に御曹司なんだなぁ。

昨日、呆然としながらも親会社のことをネットで調べてみると、たしかに社長には『津ヶ谷良子《りょうこ》』と彼と同じ苗字の名前が記載されていた。

うちの部長たちもなにも知らない様子だし、内緒にしているのだろう。

まぁ、まさか親会社の社長の息子が子会社のこんな小さな部署で営業をしているとは思わないよね。

それを知ったら女性たちはいっそう騒ぎそうだし……。

隣でお弁当を食べる彼を、横目でちらりと見る。

にこりともしない、口角を下げた表情はやはりいつもの王子ではない。

けど、思えば小西さんの前でも王子でいるんだよね。つまり家の中でもほとんどが王子の姿でいるということ。

……それって、息が詰まりそう。

自宅に帰った途端すべてを解放するタイプの自分に、彼の立場を置き換えると、我慢できない。

「家の中でまで王子でいるのって、大変じゃないですか？」

不意に問いかけた私に、津ヶ谷さんは少し驚いたような顔でこちらを見た。

けれどすぐ、あきれたような不満げな顔に戻ってしまう。

「……俺のことより自分のことだろ。なんかすごい量の仕事引き受けてたし」

「うっ……」

見られていた。

チクリと刺すように言われて、否定できずに視線をお弁当箱へ向けた。

「周りの奴がお前のことなんて評価してるか知ってるか？」

「へ？」

周囲からの、評価？

「『綺麗で完璧な桐島さん』、『仕事もできる桐島さん』、『桐島さんならできて当然』」

彼が述べたそのイメージは、私が望み描いていた通りのものだ。

けれど、彼が純粋に褒めてくれているわけではなく、その呼び方に嫌みが含まれているのはなんとなく感じ取れた。

「完璧が板につくってことは、周りはそれをあたり前だと思い込む。そのうち、人並みの努力じゃ褒められなくなる」

続けられた言葉に胸の奥でどことなく気づいていたことを言いあてられたような気がした。

……完璧。なんでもできる。そう思われれば、否定されることはない。

だけどそのうち、その言葉や立場はあたり前のものになっていき、ほかの人ができないことも、できて当然になっていく。

それがだんだん重荷になっていると気づいていても、自分で仮面ははずせない。

「たまには無理なことはやんわりとでも断らないと、自分で自分の首絞めることになるぞ」

彼の抑揚のない声が、ぐさりと胸に刺さった。

「……王子様のフリしてる人に言われても、説得力がないんですけど」

「そりゃあ悪かったな」

なんて笑って流した私に、津ヶ谷さんも笑って話を終わらせると不意に私の顔に視線を留めた。

そして突然手を伸ばしたかと思えば、私の唇の端をそっとなでる。

「食べかすついてる」

そう言って拭った指先をペロッと舐める。そのしぐさと、突然触れられたことに、胸がドキッと跳ねた。

不意打ちで触れてくるなんて反則。けど、たったそれだけのことにいちいち反応してしまう自分がまた悔しい。

赤くなる顔を見られたくなくて顔を背けると、なんとなく会話は途切れてしまった。

ふたりきり、それ以上の会話はできなくて、無言でお弁当を食べるうちに気づくとお昼休みは終わっていた。

私はトイレへ、彼は自販機へ、それぞれ自然にバラバラとなり、私がオフィスに戻った頃には津ヶ谷さんはすでに自分の席に着き電話をしていた。

こんな私たちが夫婦だということ、つい先ほどまでふたりで話をしていたことすら誰も気づくことなどないだろう。

つい視線が津ヶ谷さんのほうを向いてしまうのをこらえて、私は仕事を再開させた。

できてあたり前だと思われる、人並みの努力じゃ褒められない……か。

たしかに、そうかもしれない。

褒めてほしいわけではないけど、当然と思われるのは困る。そういえば、段々と要求される仕事のレベルや量、許容範囲が拡げられている気はする。

だけど、私にはこんなやり方しかできないからしょうがない。

「ふぅ、完成……」

午後三時を過ぎ、ようやく資料は完成した。

少しキツかったけど、でもやりとげた。そんな達成感を覚えながら、できあがった資料の最終確認をする。

さて、これであとは自分の仕事に取りかかれる……。

「あー‼」

「わっ⁉」

そう思った瞬間、突然私の向かいの席に座る女性社員が悲鳴にも近い声をあげた。

突然のことに、室内の全員の視線が彼女へと向けられる。

「ど、どうしたの？」

「明日の会議に使う資料のデータ……消えた……」

恐る恐る問いかけると、女性社員は涙目で頭を抱えた。

「どうしよう、今日中にこれ仕上げてまとめたもの、百部用意しなきゃいけないのに……」

「あーあ、残業決定だな。お疲れ」

同情するように言って笑う上司に、彼女はガバッと顔を上げる。

「困ります！　今日彼氏との記念日で、お店も予約してあるんです～！　しかも高級店！　絶対残業できません！」

「そんなこと言ってもなぁ……」

そう言いながら、上司は私のほうをチラッと見る。

それにつられるように、周囲の人たちもチラ、チラッとこちらを見た。

……これ、確実に私が『私やるよ』って言うの待っているよね。

でも、定時で上がりたいのはみんな同じだし、そもそも自分の仕事をデートのために人に頼むってありえないでしょ。

というかなんで彼女も前日に作る？　事前に作っておきなさいよ。

こっちはやっとひと仕事終えたところで、私だって早く帰って涼宮くんに浸りたい。

そう言いたくなる気持ちをぐっとこらえて、笑みをつくって手を上げる。

「私、やりましょうか？」

そのひと言に、彼女含め周囲は『待ってました』と言わんばかりに表情を明るくする。

「えっ、いいんですかぁ？　でも桐島さんデートの約束とか……」

「いいえ、今日はとくに予定ないので。大切なデートなんですよね？　楽しんできてくださいね」

本音をすべて隠した、うわべだけの言葉。嫌みのひとつでも付け加えたくなるのをぐっとこらえる。

「ありがとうございます～！　さすが桐島さん！」

そんな私の本音にいっさい気づくことなく、女性社員は拝むように頭を下げた。

そのやりとりの中、視界の端に入る津ヶ谷さんはこちらに興味なさそうに自分の仕事に取りかかっている。

……だけどちゃっかり聞いていて、バカだって思っているんだろうな。

仕方ない。だって、完璧でいれば否定されることもない。

だけど、外面という仮面を一枚かぶって、またさらにかぶって、呼吸がしづらくなっていく。

『自分の首絞めることになるぞ』

その言葉が、とてもしっくりくると思った。

それから、自分の仕事を片づけ、彼女の分の仕事に取りかかる。データをまとめ、資料作成、印刷……そしてそれを数枚ずつまとめて一冊の本にする作業まで。できた頃には、オフィスに自分以外、他人の姿はなかった。

後輩はもちろん、同僚も先輩もみんなそそくさと帰ってしまった。津ヶ谷さんも気づいたらいなかったし、たぶん外回りから直帰するんだろうなぁ。

夜十時を指す腕時計を見て、辺りを見回せば、室内はしんと静まり返っている。誰もいない奥のほうは電気が消されており、薄暗さがちょっと不気味だ。

夜のオフィスって、幽霊出そうで怖いな。映画とかでも定番のシチュエーションだし……。

以前見たホラー映画のワンシーンを思い出してしまい、ゾッと寒気がした。

変なこと考えないで早く終わらせて帰ろう。そう気を取り直し用紙に手を伸ばす。

するとその時、突然うなじにヒヤッとした冷たさを感じた。

「ひゃぁっ」

突然のことに驚き、声をあげて振り返る。するとそこには、あきれた顔でこちらを見る津ヶ谷さんがいた。

彼が手にしている缶コーヒーに、冷たさの正体はそれだったのだと気づく。

「いきなりなにするんですか！」

「目ぇ覚めただろ」

目が覚めたっていうか、びっくりして心臓に悪いっていうか……。

バクバクと鳴る心臓を落ち着ける私に津ヶ谷さんは「ん」と缶コーヒーを差し出す。

わざわざ、買ってきてくれたのかな。

「すみません、ありがとうございます」

気遣いに甘えるように受け取ると、蓋を開けひと口飲む。

控えめの甘さの中から感じた濃い苦味が、疲れ始めていた頭を冴えさせた。

「あれ？　そもそも津ヶ谷さん、どうしてこんな時間にここに？」

「接待終わって会社の前通ったらまだ明かりがついてたから。わざわざ来てやったんだよ、感謝しろ」

そうだったんだ。

あれ、でもうちの会社から繁華街には少し距離があるし、家に向かうにも遠回りになる。

なのにどうして……。

「あとどれくらいだ？」

「えっと、この百部の書類を一部ずつホッチキスでまとめるだけです」

「はぁ!?　百!?」

考えているうちに、津ヶ谷さんは「ったく」と面倒くさそうに眉をひそめ、スーツの上着を脱ぐ。

そして袖をまくると私の隣の席に立ち、用紙をまとめる作業を始めた。

「え……手伝ってくれるんですか？」

「ひとりよりふたりのほうが早いだろ」

それは要するに、手伝ってくれるという意味なのだろう。

「さっさと終わらせて帰るぞ。接待してきたって言っても、まともにメシなんて食ってないから腹減った」

不機嫌そうに言いながら、彼は手際よく用紙をまとめていく。

『手伝ってやるよ』って、はっきり言えばいいのに。素直じゃないなぁ。

だけど、わざわざ缶コーヒーを買って様子を見に来てくれた。

その優しさがうれしくて、心の中を温かくしてくれる。

バカだって思っているんだろうな。だけどそれでも、こうして助けてくれる。

今は仮面をかぶるのをやめて、素直に甘えてみよう。

そう決めて、私も再び手を動かし始めた。

ふたりきりの夜のオフィスには、紙をめくる音とホチキスで綴じる音が響く。

その中で、不意に津ヶ谷さんがぼそりとつぶやいた。

「だから言っただろ。首絞めることになるぞって」

……言って、いた。だけど、だからってあの場で我関せずといった態度も取れないし、断ることもできなかった。

「……だって、完璧な私のままでいたいんです」

「『いたい』んじゃなくて、『いなきゃいけない』んだろ」

こちらを見ることなく津ヶ谷さんがつぶやいた言葉は、胸の奥に閉じ込めていた本音をむき出しにさせる。

完璧でいたい、その願いはいつしか『完璧でいなきゃいけない』という脅迫観念に近いものへと変わっていった。

完璧でいなきゃ。隠し通さなくちゃ。

本当の私なんて、受け入れてもらえるわけがないんだから。

そんな私の沈黙は、肯定のようなものだ。

津ヶ谷さんはそれを察するとふっと笑った。

「まぁ、俺も似たような立場だしわからなくもないけど。でも俺は自分の力量はわかってるし、うまいかわし方も知ってる。お前みたいに、バカみたいにあれもこれも受け入れたりしない」

うっ……。

反論の余地もない彼の言葉が痛いところにチクチクと刺さる。

すみませんね、自分の力量以上のことばかり引き受けるバカで……。

『これにこりたら今度からもっと考えて動けよ』と、鼻で笑われるのを想像した、けれど。

「だから、たまには頼ってこい」

津ヶ谷さんはそう言って、私の頭をポンポン、と軽く叩いた。

「え……?」

それって、どういう意味?

思わず手を止め彼の顔を見上げる。

「桐島の性格上、すべて断ることは無理だろうからな。困ったとき、たまには少しくらいなら、力を貸してやらないこともない」

照れくさいのか、少し不機嫌そうにこちらを見た。

上から目線だし、やっぱり素直な言い方じゃないし。

だけど、実はとても優しい人なんじゃないかなって初めて本当の彼を知る。

頭に触れた大きな手の温もりが、うれしくて、つい笑顔がこぼれた。

「はい……ありがとうございます」

本当の私を知っても、こうして力を貸してくれる。頼っていいんだって、言ってくれる。

この人となら、形ばかりの夫婦を続けていけるかもしれない、なんて思えた。

それからようやく仕事を終えたのは夜十一時過ぎのことだった。


昨夜は帰宅してから、小西さんが作り置きしておいてくれた晩ごはんを彼と一緒に食べて——あっという間にいつも通りの朝がくる。

出勤後のオフィスに、みんなの「おおっ！」とざわめく声が響いた。

「スゲー！　終わってる！」

「さすが桐島さん！」

昨夜作り終えた大量の資料を見て、上司や先輩たちは驚きと歓喜に沸いたように騒ぐ。

中でも発端の女性社員は涙目で私に抱きついた。

「桐島さん、本当にありがとうございました！　助かりました」

「どういたしまして。昨日のデートは楽しめましたか？」

「はい、おかげさまで！」

「それにしても、この量をひとりでさすが桐島さんですね！」

改めて感心するように言う先輩に、いつもなら仮面をかぶって、『そんなことないです』と恐縮したように受け入れるだろう。だけど、昨夜の津ヶ谷さんの言葉を思い出す。

『だから、たまには頼ってこい』

いつだって完璧でいなくても大丈夫だって、彼が教えてくれたから。ほんの少しだけ、仮面を重ねる手を止めて。

私は笑顔のまま、首を横に振った。

「いいえ、さすがにひとりでは難しくて。津ヶ谷さんがお手伝いしてくださったんです」

その反応は予想外のものだったのだろう。「えっ」と声を出す先輩が津ヶ谷さんのほうを見ると、津ヶ谷さんも驚いた顔でこちらを見ていた。

「そ、そうなのか？　津ヶ谷」

「あ……はい。夜忘れ物取りに戻ったらまだ桐島さんが残っていたので。さすがに彼女ひとりで片づけるには多すぎるなと思って」

津ヶ谷さんの言葉に先輩たちも納得したようにうなずく。

「そうだよな、さすがに無理なこともあるよな」

「ごめんなさい、桐島さん！　今度なにかあったときは私手伝うんで言ってください！」

完璧じゃない私へかけられた言葉たち。

だけどそれは、失望だとかあきれだとか、自分が恐れていたものとは違う。気遣いの、優しい言葉たち。

かたくなに、完璧でいることを貫きすぎていたのかもしれない。気づけなかっただけで、実は、本当の自分の一部も受け入れてもらえるのかもしれない。

そう思うと、胸には安心感がこみ上げる。

「……わざわざ言わないで、自分ひとりの成果にしとけばよかったのに」

仕事に取りかかり始めるみんなに紛れて、隣に立った津ヶ谷さんは小声で言った。

「少しだけ、本当の自分に近づこうと思って」

そう思わせてくれたのは、津ヶ谷さんの言葉があったから。

「ありがとうございました、津ヶ谷さん」

自然とこぼれた笑みに、津ヶ谷さんはまた少しだけ驚いて、照れくさそうに顔を背けて仕事に取りかかり始めた。

素直じゃない人。だけど本当はきっと、いいところもあるのかもしれない。

そう思うと、これからの毎日が少しだけ楽しみに思えた。

三　反則

大学生になった頃から、いつのまにか、すべて完璧じゃなくちゃいけないと脅迫観念のようなものにかられていた。

だけど、たまには誰かに少しくらい頼ってもいいんだって思えるようになってきた。

素直じゃない言葉でそう教えてくれたのは、王子じゃない、王様みたいな彼だった。


アラームの音で目を覚ますと、今日も室内は、透けた障子から入り込む太陽の明かりに照らされていた。

「ふぁ……朝か」

大きなあくびをこぼし、ぼやけた視界にメガネをかけて、一階の奥にある洗面所へと向かう。

冷たい水でバシャバシャと顔を洗うと、ようやくすっきりと目が覚めた。

部屋に戻って、奥二重気味の目にコンタクトを入れて、まつ毛を上げてパッチリとした二重に仕上げる。

メイクで華やかさを出して、のりの利いた服を着て、髪も巻いて……短時間でサッと外用の姿に変身すると、今日も廊下に漂う朝食のいい香りに誘われるように、居間へと向かった。

相変わらず広い家だなぁ……。家の広さに対して人けのなさを感じながら、長い廊下を歩く。

この家に来て、もうすぐ二週間が経つ。

閑静な住宅街の一角にあることもあって、静かなこの家は、地方にある実家を思い出させるのか案外落ち着く。

小西さんがなにかと気を使って家事もしてくれるし、住みやすさはあるんだよね。

「やっぱり詐欺だろ、その顔」

……廊下で顔を合わせていきなりそんな失礼なことを言ってのける、津ヶ谷さんと住んでいることを除けば。

「なんですかいきなり。喧嘩売ってるんですか」

先に朝食を終え、家を出ようとしていたところなのだろう。今日もスーツがかっこよくキマっている津ヶ谷さんをじろりと睨む。

その視線に対して、彼は今日も上から目線でフンと笑った。

「いや？　事実を言ってるだけだけど。アニメオタクっていうよりその見た目のビフォーアフターのほうが秘密なんじゃないか？」

「うるさいですよ！　すみませんね、素はパッとしない地味女で！　もとから顔のいい津ヶ谷さんにはわかりませんよ！」

「おいおいそんな褒めるなよ」

褒めていないし嫌みだし！

そんな会話をしながら、ふと津ヶ谷さんがいつもより早い時間に出ようとしていることが気になった。

「あれ、そういえばもう出るんですか？　早いですね」

「あぁ。朝イチで取引先の売り場見に行ってから会社向かう」

そうなんだ。朝から忙しいなぁ。

ということは、今日は駅までひとり。ここに住んでから毎日のように津ヶ谷さんとふたりで歩いていたから、なんだか不思議な感じだ。

そんなことを考えていると、津ヶ谷さんはまるで私の気持ちを見透かしたように言う。

「なんだ、駅まで一緒に通勤したかったか？」

「そんなわけないじゃないですか。どうぞお先にいってらっしゃいませ」

ふんと顔を背けながら嫌みっぽく言う私に、津ヶ谷さんはふっと笑って手を伸ばす。

突然頬に触れる指先に、つい胸はドキ、と音をたてた。けれど次の瞬間には、右手で私の両頬を挟み、タコのようなまぬけな顔にさせた。

「……なにするんですか」

「いや、会社では見られない『桐島さんのまぬけ面』を見てから行こうと思ってな」

「もう！　人の顔で遊ばないでください！」

どこまで人をバカにするの！

その手を振り払う私に津ヶ谷さんはけらけらと笑いながら玄関のほうへと向かっていった。

もう、そうやって私をバカにして……！

この前は優しいと思ったのに。

あの優しさは気まぐれ？　それとも、王様姿に慣れたところで少し優しくされたから私が勘違いしてしまっただけ？

よくわからない人。

そう思いながら居間に入り、台所のほうにいる小西さんに「おはようございます」

見た。

と声をかけてごはんを食べ始める。

するとと、台所からこちらへ来た小西さんは、なにかを怪しむようにこちらをじっと
「……ない」

「はい？」

「おふたりには、新婚感がない」

新婚感？

なにをいきなり？

突然の発言に意味がわからず、ごはんを食べながら首をかしげる。

そんな私に小西さんは力説するように強く言う。

「だってお付き合いからようやく同棲、結婚ってなったんですよ？　なのにお部屋は別々！　イチャイチャする様子もなし！　なぜですか⁉　小西がいるからやりづらいですか⁉」

「え⁉」

うっ、たしかに言われてみれば……！

だってそもそも付き合った期間がないし、お互い恋愛感情がないし、だからイチャ

イチャする理由もないし。

けれど当然そんなことを言えるわけもない。

「奥様から『愁のことだからお見合い阻止のために偽装結婚もありえる』と言われてますが、もしやおふたり……」

ま、まずい！　津ヶ谷さんのお母さんの勘がよすぎる。

けどここでバレたら、せっかく落ち着いたお見合い話がまた浮上する。おまけに私の社会人としての立場も終わる。

なんとかごまかさなければ。

「わ、私たち普段はすごくラブラブなんです」

「え？　そうなんですか？」

「そう！　そうなんです！　小西さんが帰った後なんて、もうそれはそれはすごいラブラブで！　津ヶ谷さんも普段はああですけど本当はすごく甘えっ子で！」

思わず出た、出まかせ。でも普段小西さんの前では王子な津ヶ谷さんが甘えっ子だなんて、信じてもらえないかもしれない。

ところが、その気持ちに反して小西さんは納得したようにうなずく。

「そうだったんですね！　そうですよね、ふたりきりの時にしか見せない顔もありますよね。では小西のほうから奥様の誤解は解いておきますね！」

「あ、あはは……よろしくお願いします」

よかった、信じてくれた。なんとか乗りきった。

けどごめん、津ヶ谷さん……。

バレたら怒られるかもしれない。けど本当のことがバレるよりマシだ。

そう自分に言い聞かせてすばやく食事を終えると、そそくさと家を出た。


新婚感がないと言われても。それってどういうものなのかがよくわからない。

そもそも私、まともに彼氏がいたことすらもほんのいっときしかないもんなぁ。

元カレとは半年付き合ったけど、経験もキス止まりだし。

彼を思い出すと、同時に嫌な記憶も一緒に出てきてしまう。

『そういうの好きとか、引くんだけど』

数年経った今でもこの胸にチクリと刺さるその言葉に、思い出したくない、とそれ以上考えることをやめた。

ふうっと息を吐いて気を取り直し資料のコピーを取っていると、津ヶ谷さんが席で電話対応をしている姿が目に入った。

「ええ、はい。その点はかまいませんが」

仕事用のスマートフォンを耳にあて、片手で資料をめくりながら話しているところから、営業先相手の電話だろうと察した。

たったそれだけの姿でも画になっちゃうんだからすごい。

ついその姿をまじまじと見つめていると、オフィスでは笑みを絶やさないその顔が徐々に真剣なものになっていく。

「え？　いえ、ですがそれはちょっと。すみませんがこちらもその条件だけは譲れません」

相手から卸値の無理な交渉でもあったのだろうか。津ヶ谷さんははっきりとした口調で、厳しめに断っている。

すると、コピー機の近くの席の女性社員たちが「ねぇねぇ」と会話を始めた。

「見て、珍しい。津ヶ谷さんが取引先相手に強く言ってる」

「津ヶ谷さんって普段は王子だけど、仕事のことになると厳しいときもあるもんね。仕事に真剣なところもポイント高い～」

彼女たちは私と同じく津ヶ谷さんを見ていたのだろう。声を潜めながら、キャッキャとはしゃぐ。

たしかに。私だったら『検討してみますね』と流されてしまうところだけれど、津ヶ谷さんはごまかしたり流されたりすることもなく、真剣な顔できちんと話している。

普段は口も性格も悪いけど、本当は真面目な人なんだろうな。

誠実に仕事をする人だからこそ、その真剣さが毎月トップの営業成績にも表れているのかもしれない。

「桐島、ついでにこれも頼むよ。営業一課用に一部」

私の思考を打ち切るかのように、突然隣の商品部の部長に声をかけられた。

「あっ、はい。かしこまりました」

ふと我に返り書類を受け取る私の隣に部長が立つ。

「それにしても、桐島は今日も美人だなぁ」

「ふふ、ありがとうございます。おだててもなにも出ませんよ」

用件を終えたなら早く自分のオフィスに戻ればいいのに。そう言いたいのをのみ込んで、にこりと微笑み、軽く流す。

「そういえば聞いたか？　うちの課の志村《しむら》、結婚するらしいぞ」

「そうなんですか。おめでとうございます」

「お前も美人だからって余裕こいてないで、そろそろ相手見つけないと行き遅れるぞ。

それとも、まだまだ遊び足りないか?」

そうニヤニヤと嫌な笑みを見せながら、部長は私の腰に手を回した。

セクハラ……。

オフィスのど真ん中で触れてくるなんて、勇気があるというか、なんというか。

ほかの社員たちは巻き込まれたくなくて見て見ぬフリ。それをわかったうえで接してきているから余計タチが悪い。

さて、どうかわすか。

思いきりその手を振り払ってやりたいところだけれど、『冗談なのにな』と笑われるのが想像ついて余計ムカつく。

「それじゃあ、俺も行き遅れですね」

すると、そこで割り込むように発せられたのは津ヶ谷さんの声だった。

部長とともに驚いて振り向けば、そこにいた津ヶ谷さんは電話を終えていたらしく、にっこりと笑って部長の手を腰からはずさせる。

「へ!? い、いや……それは」

突然の津ヶ谷さんの登場にうろたえながら辺り見ると、『王子を悪く言う気か』と言わんばかりの、女性社員たちからの鋭い視線が向けられている。

部長はそれに怖気づくように、言葉を濁してその場を去っていった。

す、すごいなぁ……とくに周囲からの圧力が。

その視線が今度はこちらへ向けられないように、私はにこりと笑みをつくる。

「すみません、ありがとうございました」

「どういたしまして。あんな言葉気にしないようにね」

それに応えるように津ヶ谷さんもにこりと笑うと、コピーを終え排出された用紙を取り私に手渡してくれる。

それは、王子としてのつくられた優しさ。みんなの前だから、見せてくれるものだ。

あぁいうところで颯爽と現れて助けてくれちゃうなんて、まるで本物の王子様みたいだ。

そんなことを考えながら、頭に触れた手の優しさは今朝と変わらず、この胸をドキ、とさせた。


それから数時間後の昼休み。

私は今日もひとり、資料室でこっそりとごはんを食べて過ごしていた。

小西さんが作ってくれた、彩のいいお弁当をひと口食べ、スマートフォンで検索をするのは『新婚らしさ』というワード。

今朝はごまかせたけど、いつまた小西さんに突っ込まれるかわからないし。どんな行動が夫婦らしさを出すのか、事前に把握しておかなければ。

……私に経験があれば、こんなこといちいち調べなくてもわかるんだろうけどさ。なにをどうすれば夫婦らしさが出るのか、ラブラブだと思ってもらえるのか。それすらわからない自分の経験値の低さが悲しい。

心の中で嘆きながら検索結果を表示すると、画面には『帰宅した夫を出迎える』、『あなた呼びする』など典型的な夫婦の図が浮かぶような言葉ばかりが並ぶ。

さらには『手料理を振る舞う』、『一緒にお風呂』、『週数回のセッ……』

「なにしてるんだよ」

「うわっ」

そこまで読んだところで、突然声をかけられて、私は慌ててスマートフォンの画面を隠す。

「つ、津ヶ谷さん……来てたんですか」

「あぁ。午後からまた外出だからその前にメシ済ませておこうと思って」

津ヶ谷さんは最近社内で昼食を取るときは、私同様この資料室へ来る。

私だけの場所のはずだったのに、とも思うけれど、ごはんを食べてお互い素の態度で話をして、それ以外は私が涼宮くんの動画を見ていようと彼はなにも言わないし静かに本を読んでいるだけ。

なんとなく、お互いにいい雰囲気でお昼休みを過ごせているから、まぁよしとしよう。

「で？　なに熱心に調べてるんだよ」

「べ、別に津ヶ谷さんには関係ないです」

「へぇ？」

新婚らしさ、などと調べていたと知られたら、絶対バカにされる。それが読めて、私は伏せたままのスマートフォンを両手でぎゅっと握る。

けれど津ヶ谷さんは隣に腰を下ろしながら、私の態度ににやりと笑う。

「妻が夫に隠しごと、ねぇ。そんなことがあるなら離婚だな。あーあ、お前の秘密も全部バラすしかないかなぁ」

「あっ！」

なにそれずるい！

夫婦という立場、そして脅しにも似た言葉で人の痛いところを突くなんて卑怯な。

王子どころか王様、それどころか悪魔だ。

やっぱりさっきの優しさは、人前だったから……！

そんなことを考えているうちに、津ヶ谷さんは私の手もとからスマートフォンをすばやく奪うと画面をまじまじと見る。

「あっ！　もう、見ないでくださいよ！　返してー！」

ついこの前、夫婦にもプライバシーがとか言っていたのは誰よー！

慌てて立ち上がり手を伸ばすけれど、彼は取られぬようにスマートフォンを高く掲げる。

「新婚らしさ、ねぇ。わざわざ調べて実践しようだなんて、ずいぶん勉強熱心だな」

「違います！　今朝小西さんが私たちのこと怪しんでたから……」

必死に手を伸ばしスマートフォンを取り戻そうとするけれど、津ヶ谷さんはそれを軽くかわしながら言う。

「そんなの小西さんの前でキスのひとつふたつでもしておけばごまかせるだろ」

「それができないから困ってるんです！」

「はぁ？　なに言ってんだよ。減るもんじゃないし別にいいだろ。彩和だってそれくらい……」

き、キスのひとつふたつ？

私と津ヶ谷さんが？　小西さんの前で？

想像しただけで恥ずかしくて、かああと頬が熱くなる。そんな私の反応を見て、津ヶ谷さんは驚いたように固まった。

「……まさか、お前」

「きっキスくらいならありますよ！　……数える程度は」

「数える程度って」

顔を真っ赤にして言う私に、こちらの経験値を察したようにうなずく。

「じゃあ、キスの練習から始めるか？」

「え？」

すると、津ヶ谷さんは手を伸ばし続けていた私の右手を握ると、自分のもとに寄せて手の甲にそっと口づける。

「な、なにをっ……」

戸惑う私を気に留めることなく津ヶ谷さんは顔を近づけて、額、頬、顎と顔をなぞるようにキスをしていく。

唇が肌に触れるたび、くすぐったさとときめきが胸に押し寄せる。

きっと、彼からすれば慣れた行為だ。だけど私にとってはそうじゃない。

その唇が触れたところが熱くて、その熱が全身に回っていくのを感じる。

そして、彼の唇が私の唇に近づくのを感じ、意を決したようにぎゅっと目をつぶった、その時。唇は触れず、代わりに鼻をぎゅっとつままれる感触に目を開けた。

「な〜んてな」

「へ？」

津ヶ谷さんは、バカにするように鼻で笑いながら言うと、体を離す。

「か、からかいましたね!?」

「恨むなら、からかわれる自分の経験の乏しさを恨むんだな」

うっ。反論できないのが悔しい。

「それとも、本当にしてほしかった？」

なっ……！

悔しさを声に出せずのみ込む私を見て、津ヶ谷さんはいっそうおかしそうに笑うとお弁当を開いた。

本当性格悪い！

腹が立ち、私はフンッと顔を背けると座り直して食事を再開させた。

……悔しい、けど。本当に、されるかと思った。

肌に唇が触れるたび、ときめいた自分が憎い。


その日の夜。きっちり定時に仕事を終え、津ヶ谷家へ帰宅すると、お味噌汁のいい香りと小西さんの笑顔が出迎えてくれた。

「小西さん。ただいま」

「おかえりなさいませ、彩和さん。今ごはんできましたから。先に食べてしまいましょう」

「じゃあ着替えてきちゃいますね」

小西さんと軽い会話を終え、自室へ向かうとルームウェアへ着替える。

ひとり暮らしの時ほどだらしない格好はさすがにできないけれど、家にいるときくらいはゆったりした格好をしたい。

同じ女性同士小西さんも理解があるのか、すっぴんを見てもメガネ姿を見ても、小西さんはなにも突っ込んではこない。

コンタクトをはずしメガネをかけると、私は小西さんが待つ居間へと戻った。

横長のダイニングテーブルの端、すっかり自分の定位置になった所に座ると、小西さんはそこへごはんをよそったお茶碗を置く。

「あれ、津ヶ谷さんは？」

「とくにご連絡もないのでそのうち帰られるとは思いますが……待ってるのもお料理が冷めてしまいますし」

湯気が立つ、作りたてのお味噌汁を目の前に、たしかにそれはもったいないと思った。

「いつもはふたり分作って、私ひとりでいただいて、愁さんの分は取っておいて先に帰る生活でしたから。こうして一緒にごはんを食べられる相手がいてうれしいです」

小西さんの勤務時間は、朝六時から夜八時まで。最低限の家事をおこない、手が空けば自由に休憩、という条件なのだと以前聞いた。ちなみに、居間やダイニングを自由に使って休憩してもいいけれど、気兼ねなくくつろげるよう小西さん用の部屋も用意されているのだそう。

けれど時には津ヶ谷さんの帰りを待つことなく帰ってしまうこともあるのだろう。せっかく凝った手料理を用意しても、相手の反応も見られない、感想も聞けない、では寂しいものがある。

そのせいか、こうしてふたりで食事をするときの小西さんはうれしそうだ。

「小西さんのごはん、いつもとってもおいしいです。本当に」

「あらあら、うれしいですねぇ。小西でよろしければ、時短料理から愁さんの好物までなんでも教えて差し上げます！」

料理……。

その言葉に、ふと思い出すのは昼休みに調べた『新婚らしさ』のある行動のひとつ。

「……あの、小西さん。ご相談が」

話を切り出そうとしたところで、ガラッと玄関の戸が開く音がした。

「あ、愁さんが帰ってらっしゃいましたね」

その音に呼ばれるように席を立つ小西さんに、自分ひとり座っているのもどうかと思い玄関までついていく。

するとそこには、頭や肩を濡らした津ヶ谷さんの姿があった。

「おかえりなさいませ、愁さん……ってあら！　濡れてる！」

「少しだけね。今そこで降りだしたんだ」

そういえば、今日は夜から雨の予報だったっけ。耳を澄ませば、戸の外からは小さな雨の音が聞こえた。

「はっ！　二階の廊下の窓、開けっ放しだったかもしれません！　小西が閉めてまいりますので、彩和さんは愁さんにタオルを！」

「あっ、はい」

思い出し、大急ぎで二階へ向かう小西さんに、私は言われるがまま脱衣所へ向かい、ラックからタオルを取り出した。

そしてそれを持って玄関へ戻ると、津ヶ谷さんに手渡した。

「はい、タオルどうぞ」

「悪いな」

津ヶ谷さんはタオルを受け取る代わりに、スーツのジャケットを脱ぎ私に渡す。そして頭にタオルをかぶると、わしわしと濡れたその髪を拭いた。

「体冷えてませんか？　ごはんの前にお風呂入ります？」

「あぁ、そうするかな」

伏し目がちにうなずく彼は、なんとも色っぽい。これが水も滴るいい男、というやつだろうか。

ついじっと見つめていると、視線に気づいたように彼もこちらを見る。

見ていたことを知られたらどうせまたからかわれる。その思いから、パッと目を逸《そ》らす。

「彩和」

「はい？」

けれど突然名前を呼ばれて、津ヶ谷さんのほうを見た。

すると彼はタオルをかぶったまま、私の腕を引っ張り顔を近づける。そして私の唇ギリギリの、頬にちゅ、とキスをした。

昼間より近づいた茶色い瞳と、ふわりと漂う同じ柔軟剤の香り。頬に感じた薄い唇の感触。

それらに彼との距離の近さを感じて、心臓がドキッと跳ねた。

「なっ……」

なにをいきなり!?

あまりに突然の行為に、驚きと動揺でうまく言葉に出せずにいると、

「あらあらあら！　帰ってきて早速チューだなんて、ラブラブじゃないですか！」

そんな私たちにかけられたのは、小西さんの興奮した声だった。

み、見られた!?

恥ずかしさにボッと頬を熱くして振り向くと、ちょうど二階から下りてきた小西さんが冷やかすようにニヤニヤと笑ってこちらを見ている。

「もう、新婚らしさの心配なんていりませんでしたね！　うふふ！　小西はお風呂の用意をしてまいりますので、おふたりでごゆっくり～」

そしてキャーッとはしゃぎながら、奥にある浴室へと向かっていった。

ふたりきりになり、私は津ヶ谷さんをキッと睨みつける。

「なにするんですか、バカ！」

「誰がバカだ。一番簡単な方法で疑い晴らしてやったんだろうが」

うっ……。たしかに。

タオルのせいで口もとがうまく隠れて、本当にキスをしているように見えたのだろう。あの行動ひとつで小西さんはあの通りすっかり信じてしまった。

小西さんのその反応は計算通りだったのだろう。津ヶ谷さんは、ふふんと誇らしげに笑う。

「お前、本当慣れてないのな。耳まで真っ赤」

「悪かったですね……」

頬も耳も熱くてしょうがない。そんな私の横で、顔色ひとつ変えない津ヶ谷さんは、きっと、いや確実に慣れているのだろう。

自分が情けない、そう思うと同時に、平気で異性に近づき触れることのできる彼に胸が小さく痛んだ気がした。

って、なんでよ。

津ヶ谷さんくらいモテる人なら、異性に触れることくらいなんてことないって、わかっているのに。

「なんだよ、変な顔して」

「別に。なんでもないです」

自分でも気づかないうちにむくれた顔になっていたのだろう。私の表情に、津ヶ谷さんは朝同様、私の顔を右手で挟んで余計変な顔にさせる。

「もう！　やめてください」

「そんなこと言うなよ。結構かわいくて好きなんだけど、その顔」

『かわいくて好き』、なんの気なしに彼が言った言葉に、またドキリとしてしまう自分が憎い。

そんな私の心のうちを知ってか知らずか、津ヶ谷さんはふっと口角を上げる。

「じゃ、新婚らしく一緒に風呂入るか？」

「入りません！」

真っ赤な顔で断る私に、いっそうおかしそうに笑った。

こうやってからかわれてばかりで、ムカつく。いちいち反応してしまって悔しい。

だけど、やっぱり嫌いだとは思えないから。

新婚らしさ、というものを、私からも見せてあげようじゃないの。


「はい、これ」

翌朝。私より一時間ほど遅れて起きてきた津ヶ谷さんに、私は巾着で包んだお弁当を差し出した。

それを見て、津ヶ谷さんは目を丸くして首をかしげた。

「これは？」

「彩和さんが早起きして作られたんですよ。自分もたまには妻らしいことをしたい、って」

朝食のお新香を小皿に盛りつけながら、小西さんが答えると、津ヶ谷さんは信じがたいというかのように私とお弁当を交互に見る。

そう。いろいろ調べたり考えたりした結果、私は妻として彼にお弁当を作ることにした。

正直、あんまり料理はうまくないいし、小西さんと比べると全然だけど……。

それでも、私なりに彼にできることなんて、これくらいしかないから。

「毒入り？」

「本当に盛りますよ」

いくら珍しいからって失礼な！

じろ、と睨む私に津ヶ谷さんはおかしそうに笑って、お弁当を受け取る。

「嘘だって、ありがとな」

そしてまるで子供を褒めるかのように、私の頭をよしよしとなでた。

絶対子供扱いしている……。

悔しい、けどうれしく思える自分がいて。

どんな顔で食べてくれるんだろうとか、どんなことを思ってくれるだろうかとか。

彼の反応を想像すると、胸がそわそわと落ち着かない。


午後三時過ぎ。

私は誰もいない会議室で、新作のバッグのサンプルを広げて商品確認をおこなっていた。

けれど、頭の中は仕事以外のことでいっぱいだ。

お弁当、本当に大丈夫だったかな。

ウインナーは焦がしちゃったし、おかずも詰め込みすぎて形がくずれてしまった。

おにぎりも大きかったかも。

玉子焼きも実家の味付けで作ったら、小西さんから『ちょっと甘めですね』と苦笑いされてしまったし。

あぁ、今さら不安になってきちゃった……！

今日に限って津ヶ谷さんは午前中から外出で、お弁当に対しての反応が見られなかった。

不安やら期待やら緊張やら、いろんな気持ちが入り混じって落ち着かないよ……。

「こら、桐島！　仕事に集中しろ！」

「はっ、はいい！」

突然背後から飛んできた声に、思わず『まずい！』と背筋を正す。

あれ、でも今の誰の声？とすぐ我に返り振り向くと、そこにはおかしそうに笑いをこらえる津ヶ谷さんがいた。

「……またからかいましたね」

「なんかボケっとしてるのが見えたから。目ぇ覚めただろ？」

たしかに、余計なことを考えていて仕事に集中していなかった。

反論できず不満げな顔になっているだろう私を見て、津ヶ谷さんはますますおかしそうに笑って会議室のドアを閉める。そしてテーブルの上に並べられたサンプルを見ながら、私の隣に立った。

「今日は戻り、早かったですね」

「あぁ。近くの店舗の売り場巡回だけだったからな」

津ヶ谷さんは新作の赤いバッグを手に取り、重さや質感、サイズ感を把握すると「そういえば」と話題を変えた。

「弁当食ったよ。ごちそうさん」

弁当、その言葉にまたギクリと不安がこみ上げる。

「ど、どうでしたか？」

「全体的に焼きすぎ、詰めすぎ。一番は玉子焼きが甘すぎ」

「えっ！　やっぱりダメでした？」

不安げにたずねると、津ヶ谷さんは首を横に振る。

「いや？　甘いの、超好き」

そして、口もとに白い歯を覗かせて、いつもの意地悪な笑みとは違う無邪気な笑顔を見せた。

不意打ちの思わぬ表情に、胸はキュンとときめきを隠せない。

その笑顔も、反則だよ。

不安でいっぱいだった心を、一瞬でこんなにもときめかせてしまう。

安心感やうれしさ、明るい気持ちでいっぱいになる。

つられて笑うと、津ヶ谷さんは思い出したように言う。

「あ、そういえば今朝小西から『かわいい一面をお持ちなんですね』って言われたんだけど。なんの話だ?」

「へ? あっ」

言われて思い出すのは、先日小西さんに言った『私たち普段はすごくラブラブなんです!』という嘘。小西さんはすっかり信じてしまったらしい。

「……下手くそな嘘でごまかしたな?」

「ご、ごめんなさい……!」

私の発言内容をなんとなく察しているらしい。その目にじろりと睨まれ、私は肩をすくめて謝った。

その時、背後のドアが突然ガチャリと開く。

「失礼しまーす、あっ、津ヶ谷さんこんなところに！」

その声とともに現れた後輩社員によって、空気は一変。私たちは顔を背けて離れ、いかにも『新作を確認しているだけです』といった雰囲気を出す。

「津ヶ谷さん、部長が探してましたよ」

「ありがとう、今行くよ」

津ヶ谷さんも表情をパッと王子に変えて、会議室をあとにした。

たった一瞬で変わってしまう空気。

完璧女子にはほど遠い私も、王様な津ヶ谷さんも、ふたりの時だけの秘密。

それが少しうれしく思えてしまうのは、どうしてだろう。

四　シンデレラのように

初めて彼のために作ったお弁当は、お世辞にも『完璧』にはほど遠いものだった。焼きすぎたウインナー、大きすぎたおにぎり。そして、少し焦げた、砂糖多めの玉子焼き。

だけど、そんなふうに優しく笑ってくれるとは思わなかったから。

不意にこの胸には、うれしさがひとつこみ上げた。

日曜日の朝、太陽の明るさに目が覚めた。

けど、もう少し寝ていたい……。昨夜は深夜までダンシングプリンスのゲームをやり込んでしまって、つい夜更かししちゃったからなぁ。

たまにの休みくらい、思う存分寝ていよう。

そう、明かりを遮るように布団をかぶる。

すると、少ししてから戸が開く音がした。

「彩和、おはよう。朝だよ」

それは津ヶ谷さんの声だ。王子口調ということは近くの部屋に小西さんがいるため、新婚アピールをしているのだろう。

ええい、私はまだ寝ていたいんだ。ここは無視してやる。

「まだ寝ていたい？　なら仕方ないか」

あきらめたように言いながら、彼は部屋をあとにする……どころか近づき、次の瞬間私のベッドに入り込んだ。

「キャー！　なにベッドに入り込んでるんですか！　変態！」

「寝てたいなら添い寝してやるよ。嫌ならさっさと起きろ」

「起きます！　起きますから！」

私が無視していたこと、そしてこうすれば私が飛び起きることもわかっていたのだろう。

だからって女性のベッドに入り込むなんて、最低！

渋々布団を取って体を起こすと、今日はスーツではなく私服姿の津ヶ谷さんは、ふふんと笑ってこちらを見た。

「小西さんが朝食用意して待ってる。さっさと起きてこい」

とりあえず起きて寝間着のまま居間へと向かうと、そこには今日も変わらず手作りの朝ごはんが用意されている。

小西さんは基本的には土日が休みなのだけれど、用事がないときは今日のように来てくれているらしい。

ありがたいなぁとしみじみと思いながら「いただきます」とごはんを食べる。津ヶ谷さんはそんな私の向かいに座り、同じく食事を始めた。

「今日もいいお天気ですねぇ。お洗濯物がよく乾きます」

お茶を入れながら言う小西さんの言葉に窓から外を見ると、青い空に太陽が輝き、微かな風が木々を揺らす。たしかにいい天気だ。

「で、こんないいお天気なのにお出かけしなくてよろしいんですか?」

「へ?」

「せっかくのお休みなのにデートされないんですか? あら、そういえばお付き合いされていたっていう間も愁さんお出かけされていた様子もなかったですけど……」

はっ、危ない! また怪しまれている!

不思議そうに言う小西さんに、慌てて弁解をする。

「デートはなかなかできなくても普段から会社で顔を合わせてましたから!」

「あぁ! ではおふたりはその分会社でラブラブされていたわけですか!」

「もっもちろん！　人目を忍んではイチャイチャしてましたよね！　ね！」

力説するように津ヶ谷さんに同意を求めると、彼は『また頭の悪そうな嘘をつく』とでも言いたげにあきれた目を向ける。

そして小西さんに聞こえぬよう小さくため息をつくと、表情をにっこりとした笑顔に変えて口を開いた。

「彩和、今日は出かけようか。小西さんの言う通り、天気もいいことだし」

「え？」

出かけるって、それってつまり、デート？

……いやいや。嘘かも。

外に出ちゃえば夫婦のフリなんてする必要ないもんね。

とりあえず外に出て、夕方まで解散って感じかも。うん、ありえる。

「そ、そうですね」

心の中で納得すると、うなずいて、私は食事を続けた。

そっか、そういうところも気にしなくちゃいけないんだよね。

津ヶ谷さんも日曜くらいゆっくり休みたいだろうに、好きでもない相手と出かけるなんて大変だ……。

でもこれまで休日はあまり出かけている様子もなかったってことは、意外と津ヶ谷さんって彼女とかいないタイプ?

いや、それはないか。小西さんが気づいていなかっただけで、それなりにデートとかはしていたのかも。


休日とはいえ外に出るため、普段と同じようにきっちりとメイクをする。

白いレースのワンピースにデニムのジャケットを肩に羽織ると身支度を終えた。

「じゃあ、小西さん。今日は夕食いらないから、小西さんも好きな時間に上がっていいから」

「かしこまりました。いってらっしゃいませ」

津ヶ谷さんと、玄関まで見送ってくれた小西さんの会話を聞きながら、いつも通り高めのヒールを履いて家を出た。

ガラ、と戸を閉めてふたりきりになると、それまでにこにこしていた津ヶ谷さんは途端に仏頂面となる。

その表情の変化も、もはや見慣れたものだ。

よし、じゃあ私は駅のほうで時間でもつぶそうかな……。そう切り出そうとした、その時。

「ガレージそっちだから。入って車乗れ」

津ヶ谷さんは、門の左側にある、シャッターの下りたガレージを指差す。

「え？」

「行くんだろ？　デート」

ってことは……つまり、その場しのぎの嘘ではなく、本当にデートをするということで。

夫婦のフリ、そのためのデート。そうわかっていても、なんだかうれしい。

仮の妻、というもの以上の存在に、少しはなれているのかな、なんて思ってしまう。

津ヶ谷さんの車で家を出て、しばらく走ったのちにやって来たのはお台場にあるショッピングモール。

いかにもデートスポットという気もしたけれど、カップルだらけのここなら紛れることもできるし、最悪誰かに見られても『たまたまお互い買い物をしていただけ』とごまかせるし。と津ヶ谷さんと行き先を話し合った結果ここになった。

ヨーロッパの街並みを模したお店が並ぶ建物内を津ヶ谷さんと歩く。

「買い物してメシでも食ってるうちに時間つぶれるだろ」

「そうですね」

スタスタと歩く津ヶ谷さんに遅れないよう、小走りになる。

けれどハイヒールを履くこの足はどうしてもペースが遅くなってしまい、津ヶ谷さんの一歩うしろを必死についていく。

津ヶ谷さんはそんな私を振り返って立ち止まると、私の足もとに目を留めて言う。

「いつも思ってたけど、その靴歩きづらくないのか？」

「そりゃあ歩きやすくはないですけど……でもこれが一番しゃんとして見えるんですもん」

ハイヒールは、正直苦手なほうだ。足は疲れるし歩くのは遅くなってしまうし。

だけど大学デビューの際、いつも猫背だった自分を奮い立たせるためにハイヒールの靴を買った。

少し高くなる視線に背筋は伸び、いつもより自分がしゃんとして見える気がした。

「本当はローヒールのほうが好きなんですけどね」

えへへ、と笑う私に津ヶ谷さんは興味なさそうに「へぇ」と相槌を打った。

自分から聞いたくせに興味なさそう……。

けれど、歩くうちに徐々に津ヶ谷さんとの距離が縮まって、早足にならなくても彼と並んで歩けるようになった。そこで初めて、津ヶ谷さんが歩く速度を緩めてくれたことに気がついた。

なにも言わないけど、歩調を合わせてくれた……？

さりげないその優しさに胸がキュンと小さな音をたてた。

「そういえばお前、デートまで初めてとか言わないだろうな」

「なっ！」

ところが、続いて津ヶ谷さんからかけられたのは意地悪いひと言。

デートまで初めてかなんて失礼な！

「バカにしないでください！　ありますよ！」

「へぇ、何回くらい？」

たかが知れているだろうけど、とでも言いたげに鼻で笑ってたずねてきた。

「実際に三回と……夢の中で涼宮くんと五十回くらい」

「ただの妄想じゃねーか」

「悪かったですね妄想で！　いいんです！　さりげなく手をつないで、途中涼宮くんが私のために歌ってくれて、最後は観覧車でキスするという完璧なデートを楽しんでるんですから！」

具体的なデートの内容を語る私に津ヶ谷さんはいっそうあきれた目を向けた。

またバカなことを言っている、とでも思っているな……。

悪かったですね、妄想しか楽しみのない寂しいオタクで！

ふん、と顔を背け、なにげなく通路沿いのお店を見る。するとたまたま通りかかった、とあるアパレルショップのテーブルには、うちの会社の新作のパンプスがずらりと並んでいるのが目に入った。

「あっ、これ新作のパンプス！　ここ全色入ってるんですね、かわいい～」

赤、黒、白からベージュやラベンダーなど全八色のローヒールパンプス。つま先が少し尖り、レースをあしらった大人っぽいデザインのもの。

気になってはいたけれど、会社にあったサンプルはサイズが合わなくて履けていないんだよね。

正式な発売日はまだ先のはずだけど、一部の取引先限定でトライアル投入させてもらっているんだっけ。

つい駆け寄り足を止める私に、津ヶ谷さんも自社の製品だと気づいたようで隣に並んで靴を見る。

「ずっと気になってたんですよ、これ。試着してもいいですか？」

「いいけど。フィット感がいいって超評判いいから、履いたらきっと欲しくなるぞ」

「そしたら買います！」

どの色にしようかな、と並んだパンプスを目の前にして悩む。すると、津ヶ谷さんはラベンダーカラーのパンプスを手に取った。

「彩和にはこれが似合うと思うぞ」

「ラベンダー、ですか？」

自分では選ばないような柔らかな色に首をかしげる。

「あぁ。彩和はブルーベースの色白肌だし、かわいらしさと大人っぽさ、加えて柔らかさもあるラベンダーは合うと思う」

「私普段、黒とか白とかばっかりなんですけど……似合いますかね」

「大丈夫。似合うよ」

津ヶ谷さんははっきりと言いきると、近くの椅子に私を座らせ目の前にひざまずく。そして自然な手つきで私の足に触れると、履いていたハイヒールを脱がせた。

普段人に触れられることのない足に触れられ、肌がピクッと反応してしまう。

つま先が、緊張する。

こんなふうに、似合う色を選んでくれて、自ら履かせてくれるなんて。まるで本物の王子様だ。

それを見ていた周囲の人の「わぁ」という小さなざわめきを聞きながら、津ヶ谷さんはラベンダーカラーのパンプスをそっと履かせてくれた。

「わ……」

目の前の全身鏡で座ったまま足もとを見ると、ストッキングを履いた自分の肌にたしかによく合っている。

ゆっくりと立ち上がると、いつものハイヒールと比べ地面にしっかりと足がつくような感覚だ。

クッション性のふかふかな中敷が足によくフィットして気持ちいい。

視線は少し低くなるけれど、背伸びをせず自然な力で立てる。まるで魔法をかけられたかのようだ。

「どう、ですか?」

「さすが俺の見立てだな」

津ヶ谷さんにたずねると、彼はふふんと笑う。

俺のって……たしかにそうだけど。もう少し褒めてくれてもいいと思う。

「お前の感想はどうだ？」

「すっごく履きやすいです。たしかにフィット感も最高……買います！　それに今履いていきます！」

即決する私に津ヶ谷さんは『やっぱり』と言いたげに笑うと、こちらの様子をうかがっていた店員さんに声をかけに行く。

お店の奥へ向かう津ヶ谷さんと入れ替わるように、こちらへやって来た店員さんが靴についていたタグをはずし、紙袋に私が履いてきた靴をしまう。

そのうちに津ヶ谷さんは戻ってくるとお店を出ようとした。

「じゃあ私お会計に……」

「もう済ませた。行くぞ」

「へ？」

もう済ませたって……あ、今レジに行っていたんだ。って、あれ。それってつまり。

「買ってやるよ。今回だけな」

「えっ、いいんですか？」

まさか津ヶ谷さんが買ってくれるとは思わず、驚きの声をあげる私に、彼はなだめるように頭をポンと軽く小突く。

「あとで小西さんにしっかり見せびらかしておけよ」

小西さんに……そっか、小西さんへの新婚アピールのため。

『津ヶ谷さんが買ってくれたんです』なんて言ったら、いつものように小西さんが『あらあら！』と笑うのが簡単に想像ついた。

……でも、だとしてもうれしいな。

津ヶ谷さんが『似合う』と言って選んでくれた色。

自ら履かせてくれて、買ってくれた靴。

それは自分にとてもしっくりくる、自然体でいられるもの。

「ありがとうございます、津ヶ谷さん」

こぼれた笑みを隠すことなく津ヶ谷さんに向けると、彼は少し照れくさそうに顔を背けて歩きだす。

それに続くように歩きだす足もとは、先ほどよりスムーズに歩ける。

津ヶ谷さんの顔の位置が、さっきより少しだけ高く感じる。

だけどこの距離感がどこかうれしいと思った。


それから私と津ヶ谷さんはしばらくいろんなお店を見て回り、レストランで軽くごはんを食べて、と普通にデートを楽しんだ。

「私ちょっとお手洗い行ってきますね」

「あぁ。このあたりで待ってる」

途中、私は津ヶ谷さんと離れ、近くにあるトイレへと向かう。

なんか……津ヶ谷さんと普通にデートしちゃってるなぁ。

津ヶ谷さんも意外とお店とか付き合ってくれるし、さすがというか女性の扱いに慣れている様子だ。

新婚のフリのためのデート、そうわかっていてもうれしい自分がいる。

トイレから津ヶ谷さんのもとへ戻ると、先ほど別れた所で彼は壁に寄りかかりスマートフォンをいじって待っていた。

駆け寄ろうとすると、通路にはそんな津ヶ谷さんを見てキャッキャとはしゃぐ女の子たちがいる。

「見てあの人、超かっこいい」

「本当だ〜。彼女待ちかな、立ってるだけで絵になる！」

さすが津ヶ谷さん。会社内だけではなく、こうして外でも女性の視線を集めている。

たしかに、綺麗な顔しているもんね。背も高いし、目立つ雰囲気もまるで芸能人……。

「声かける？　番号とか聞いちゃう？」

「ね、行ってみようか」

考えているうちに女の子たちは津ヶ谷さんに声をかけようと作戦を立て始める。

うう、なんだか合流しづらい……。

『あんなのが連れ？』と冷たい目を向けられるのを想像すると、近づくことをためらってしまう。

するとちょうどこちらを見た津ヶ谷さんと目が合った。

近づくに近づけない状況の私と、その横でスマートフォン片手に声をかける気満々の女の子たち。

そんな光景をなんとなく察したのだろう。津ヶ谷さんは王子モードのにっこりとした笑顔を見せる。

「彩和、やっと来た。待ってたよ」

「へ!?」

そして突然こちらへ近づくと、私の肩を抱いて歩きだす。

「つ、津ヶ谷さん？」

「遅いから心配してたよ。彩和はかわいいから、ほかの男に声かけられてるんじゃないかって」

そんなセリフを言いながら、津ヶ谷さんは私の額にちゅっとキスをする。

い、いきなりなにを……！

「……これくらいやれば周りの奴も引いて寄ってこないだろ」

横目でちらりと見ると、先ほどまで気合い十分だった女の子たちは「ら、ラブラブ！」と頬を赤くし騒いでいる。

本当手慣れているなぁ……！

肩を抱かれて歩きながら、頭ひとつ近く高い位置にある津ヶ谷さんをじろりと見る。

「さすが津ヶ谷王子は手慣れてらっしゃいますね」

「なんだよ、その嫌みっぽい言い方」

チクチクと刺すような言い方をした私に、津ヶ谷さんは苦笑いをこぼす。

ふん。好きな人相手じゃなくても、人前で額にキスできちゃうなんて。さすが慣れている人は違うんですね。

拗《す》ねたように言って、そういえばとふと思い出す。

「あれ、でも今朝小西さんの話では普段津ヶ谷さんが出かけてる様子もなかったって言ってましたけど。彼女とかいなかったんですか?」

小西さんの話を思い出しながらたずねると、津ヶ谷さんは私の肩から手を離し、うなずく。

「ここ一年くらいはな。仕事も忙しかったたし、休日くらいひとりでゆっくりしたかったし」

そっか……そうだよね。津ヶ谷さん、ただでさえ仕事も営業一課の中で一番忙しいし、人前ではこの王子姿だし。たまにの休みくらい息抜きしなくちゃ疲れちゃうよね。

はっ、もしかして津ヶ谷さん今日も実は家でゆっくりしたかったとか?

そんな私の考えを察したのか、津ヶ谷さんはふっと笑ってみせる。

「けどまぁ、外面繕わなくていい奴と過ごすのはいいな。居心地、いい」

それは、私とならということ?

ただ思ったことを軽く口にしただけなのかもしれない。けれど、その言葉がうれしくて、胸をキュンとときめかせた。

居心地、いい……か。

思えば私も。すべてを知られてしまった津ヶ谷さんの前では素のままの自分でいられる。

それは居心地がよくて、安心できる。

この気持ちは、素を見せられる相手だから感じるものなのかな。

それとも、津ヶ谷さんだから？　どちらかはわからない、けど。

「そう、ですね。私もそう思います」

同意する言葉とともに、思わず笑みがこぼれた。すると津ヶ谷さんは先ほどまで私の肩を抱いていた右手で、今度は私の左手を取る。

自然な流れで手をつながれ、驚いてしまうけれど、この手を包むその長い指先に胸がドキリと跳ねた。

人から見たら、今の私たちはどう見えるのかな。普通の恋人同士？　それとも、新婚夫婦？

本物に、見えていたらいいな。

そう願うように、ドキドキと、心臓がうるさく音をたてた。


そのまま津ヶ谷さんに手を引かれるようにしてやって来たのは、お台場にある大きな観覧車だった。

赤色のゴンドラに乗ると、先ほどまで自分たちがいた地上から離れ、東京湾やレインボーブリッジが一望できた。

窓から見上げると青い空が近い。

「わぁ、いい景色！」

小さくなっていく街を見下ろしながらついはしゃぐ。

「でもどうして観覧車なんですか？」

「どうしてって、彩和が乗りたいって言ってたんだろ」

「え？」

津ヶ谷さんの言葉で思い出すのは、ここに着いたときに津ヶ谷さんに話した妄想の話。思えば、さりげなく手をつないで、観覧車に乗って……できる限り願望を実現してくれているのだろう。

バカにしながらもそうやって、覚えてくれていて、かなえてくれる。

そういう優しさがまたずるいよ。

一見冷たくて、偉そうで、ムカつくところも多いけど、でも優しいところがこんなにある。

なのに、どうしてそれらすべてを隠してしまうんだろう。

「……あの、津ヶ谷さんはどうして王子のフリなんて？」

「そのほうがラクだからな。仕事上でも普段の付き合いでも」

窓の外を見ながら彼が言うのは、どこかあきらめにも似た言葉だった。

「本音なんて言えるかよ。女から見たって、普通の俺より『津ヶ谷王子』の俺のほうがいいんだろ」

たしかに、そう。

みんなに優しくて、物腰が柔らかい、いつもにこにこした王子のほうが素敵で、理想的。私もそう思っていたし、だからこそ最初は普段の津ヶ谷さんが衝撃的だったのもある。

……だけど。

「私は、王子よりも素の津ヶ谷さんのほうが人らしくていいと思います」

意地悪いことばかり言って、あきれたように笑って、偉そうで。だけど、深い優しさを持っている。

時々子供のように笑う、ありのままのあなたのほうが、人らしくて魅力的だ。

「それになんだかんだ言って優しいですし。意外と子供っぽいところもかわいいですし」

今日だって、成り行きとはいえこうしてデートに連れ出してくれた。

私に合う色を即決できるくらい私を知っていてくれた。

隣を歩いて、手をつないで、観覧車に乗ってくれた。

私は、そんなあなたがいい。

自然とこぼれた笑みでそう言った私に、津ヶ谷さんは少し驚いた顔を見せてから、顔を背けた。

「別に優しくないし」

「優しいですって。津ヶ谷さんが認めなくても、私は知ってますから」

「……変な奴」

褒められることが気恥ずかしいのか、津ヶ谷さんは顔を背けたまま照れくさそうに頭をかく。

そんな珍しい彼の一面に、思わず笑ってしまった。

「こら、笑うな」

「ふふ、すみません。だって珍しくて」

津ヶ谷さんは拗ねたように言うと、私の頬を両手で引っ張る。

けれど、頬に触れるその手の熱さに、余計「ふふ」と笑みがこぼれた。

この体温も、染まった頬の赤さも、私だけが知っている。

ほかの誰も知らない、ふたりだけのもの。

それがなんだか、愛しく思える。

くすくすと笑い続けた私に、津ヶ谷さんはその表情を不満げなものに変える。

「この状況で俺をからかうとは、余裕だなぁ？　恋愛経験乏しいオタクのくせに」

「え？　はっ！」

言われてみれば、ここは密室。逃げ場もなければ人目も気にならない。つまり、津ヶ谷さんからすればどんなこともできる状況だ。

「いや、あの、すみません……！　もう笑いませんから！」

「今さら謝っても許さない。おしおきだ」

慌てて謝るけれど、津ヶ谷さんは聞く耳を持たず、こちらへ近づく。そして私の肩を押すと、椅子に体を押し倒した。

ふたりきりの空間で、彼に組み敷かれ胸がドキリと大きく揺れた。

「つ、津ヶ谷さ……」

名前を呼びかけたと同時に彼は近づき、私の首もとに顔をうずめた。

「ひゃっ」

唇が首筋をそっとなぞる感触がくすぐったい。

思わず甘い声が出そうになるのを必死にこらえていると、その唇は左鎖骨下にちゅっと吸いついた。

その感触に我慢できず「んっ」と小さく声が漏れた。それを聞いて津ヶ谷さんはゆっくりと体を起こす。

「色白だからよく目立つな。ちゃんと隠しておけよ」

彼は満足げに笑いながらそう言って、自分の鎖骨部分を指差す。

目立つってなにが……。と、バッグの中から手鏡を取り出し確認すると、私の左鎖骨下には赤いキスマークがひとつつけられていた。

それはたしかに津ヶ谷さんの言う通り、たしかに白い肌によく目立っている。

「って！　なにつけてるんですか！」

「言っただろ、おしおきだ。お前に笑われて腹が立ったからな」

「だからって、もう！　バカ！　変態！」

恥ずかしさに怒りながら肩に羽織っていたジャケットを慌てて着ると、しっかりと前を閉じる。

結局は、津ヶ谷さんのほうが上手だ。

真っ赤な顔のままその顔を睨みつけると、彼はふっと笑ってみせた。

肌に触れたり、キスマークをつけることも、慣れているんだろうな。

だからなんの感情もない私相手にもできるんだ。そう、だから勘違いしちゃいけない。

そう言い聞かせるけれど、肌をなぞる唇の感触がまだ絡みついて離れない。

私だけが知っている、彼の照れた顔、染まった頬。その唇の感触。どれひとつ、ほかの人は知らないでほしいと思ってしまうのはどうしてだろう。

五　染まる横顔

ふたりで出かけた日曜日を終え、迎えた翌朝。月曜に待ち受けていたのは、満面の笑みの小西さんからの冷やかしだった。

津ヶ谷さんに靴を買ってもらった話をしたら、案の定小西さんは『ラブラブじゃないですか～』と笑っていた。

けれど、買ってもらった靴は紙袋にしまって部屋の片隅に置いたままだ。

なんだかもったいなくて、当分履けない気がした。

それから数日が経った、木曜の午後。

「はい、かしこまりました。ありがとうございます。それでは失礼いたします」

人の行き交うオフィスで、電話を終えて受話器を置く。

ふぅ、なんとか少し大きな営業の交渉がうまくいきそうだ。

安堵しながら見回す室内には、数名の社員がそれぞれ仕事に取りかかっている。その中に津ヶ谷さんはいない。

今週に入って社員が一名体調を崩し連休となり、その分の仕事がほぼ津ヶ谷さんに回っている。

仕事ができる人とはいえ、本来の自分の仕事もあるため当然忙しいようで、朝は早いし夜は遅い。ここ数日夕ごはんも小西さんとふたりきりで過ごしている。

同じ家に住んでいるのに、顔を合わせるのは朝だけ。それがちょっと寂しい気もする。

けれど、毎朝手渡すお弁当箱を受け取って笑ってくれる。そのことが、うれしい。

……この前のキスマークには本当に困ったけれど。

なんでこんな見えやすいところにつけるかな。おかげで普段着ている襟ぐり広めのブラウスは着られず、クルーネックの服を数枚購入するはめになった。

キスマークひとつからも、愛情表現というより意地悪という意味合いを感じる。

やっと薄くなってきたし、あと何日かで消えるかな。

「桐島さん」

不意に背後から名前を呼ぶ声に、ドキリとする。

振り向けばそこには、ちょうど外回りから帰ってきたところらしい津ヶ谷さんがいた。

「津ヶ谷さん。お疲れさまです」

「お疲れさま。ごめん、この書類入力お願い」

お互いに外面でにこりと笑い合って話すと、津ヶ谷さんは書類を渡して慌ただしく部屋をあとにした。

今のやりとりも、素だったら『おい、これやっとけ』と偉そうに言うんだろうなぁ。

そんな津ヶ谷さんの姿が簡単に想像ついて、思わず苦笑いがこぼれた。

「……あれ」

先ほど手渡された書類を見ると、そこに横長の付箋が貼ってある。

【今日も遅くなる】

整った字で書かれたそのひと言に、津ヶ谷さんからの伝言なのだと察した。

今日も遅いんだ。大変そうだなぁ。

けれど会社ではもちろん家でも、仕事についての愚痴ひとつも言わないあたりが、津ヶ谷さんらしいと思った。


「ただいまー……あれ？」

その日の夜。津ヶ谷さんの家に帰宅すると、いつもは明かりがついているはずの玄関は真っ暗だった。

あれ、小西さんいないのかな……。

不思議に思いながら、電気をつけて、人の気配のしない家の中を歩く。

そして居間の電気をつけると、そこにはラップがかけられたおかずと一枚の置き手紙があった。

【彩和さんへ
用事があるため夕方で上がらせていただきます。お夕飯の支度はしてありますので、温めて食べてくださいね。小西】

小西さん、もう上がっちゃったんだ。

でも夕ごはんは用意してくれていったんだな。ありがたい。

ガスコンロに置かれた鍋を覗き、お味噌汁を確認すると、一度自室へ戻り部屋着に着替えてから再び台所へ戻った。

そしておかずとお味噌汁を温め、ごはんをよそい、と食事の用意をする。

「いただきまーす」

自分の声だけが虚しく響くのを聞きながら、お味噌汁をひと口飲む。

相変わらず小西さんの味付けはおいしい。……けど、ひとりだとなんだか寂しいなぁ。

「そうだ！　昨日アニメ録画しておいたんだった！」

私のテレビの調子が悪かったから、こっそりと居間のテレビに録画しておいたんだよね。

今のうちに見てしまおう、と思い出してテレビをつけると、画面には見慣れたキャラクターたちが並ぶ。その中に涼宮くんの姿を見つけると、途端に頬が緩んだ。

小さな顔に丸い目、やっぱり涼宮くんはかっこいいなぁ……。

いつものようにうっとりしてしまうけれど、津ヶ谷さんの『このオタクめ』と笑う顔が思い出されてすぐ我に返る。

って、いないときまで津ヶ谷さんの目を気にする必要なんてないのに。

なのにどうしてか、いまいちテレビの涼宮くんに熱中できない。少し前までは、こうしてひとりで涼宮くんを見ている時間が一番幸せだったはずなのに。

どうしてこんなに、ひとりの時間に寂しさを感じたり、津ヶ谷さんの姿ばかり思い描いたりしてしまうんだろう。

……津ヶ谷さんは、いつもこうしてこの広い部屋でひとりでごはんを食べているのかな。

小西さんも帰って、私も寝ていて、誰とも話すこともなく。

そう思うとなんだかこちらも寂しく思えて、今日は起きて待っていようと思った。

そうだ、せっかくだし料理本でも見てお弁当のおかずでも考えながら待とう。

そう決めて、私は食事を済ませ、お風呂に入り、ひとり居間で本を広げた。

「ふぁ～……」

ところが、午後十一時を過ぎたあたりで大きなあくびがこぼれた。

うう、眠くなってきた。

だけど津ヶ谷さんもまだ帰ってくる気配ないし、起きていたいし……でも眠い。

気合を入れ直し再度料理本を見る。けれど文字の羅列に余計眠気は増して、うとうとしているうちに全身の力が抜けた。


津ヶ谷さん、いつもこんな遅くまで大変だな。普段から仕事も多く抱えて、取引先も回って、本当にすごいや。

いずれ親会社に行くのなら、今の仕事もそこまで必死にやることないと思う人もいるだろう。けれど、そこで手を抜くことなくきっちりと務めるところが、津ヶ谷さんの誠実さを表している気がした。

そんな彼に、私にできることなんて限られているから。

せめて偽物でも、妻として、『おかえり』って出迎えてあげたい。

どれくらい時間が経っただろうか。肩に感じる温かさと、カチャ、と鳴る食器の音にふと目を覚ます。

「あ、起きたか」

「あれ、津ヶ谷さん……?」

テーブルに伏せてすっかり寝てしまっていたらしい。ガバッと体を起こして見ると、帰ってきた津ヶ谷さんはちょうど夕食を食べ終えたところらしく、食器を重ねて片づけていた。

室内の掛け時計が指す時刻は零時過ぎ。

「今日も遅かったですね、お疲れさまです」

「あぁ、いろいろやることもあってな」

話しながらふと肩にある感触に気づく。見るとそれは薄手のブランケットだった。

津ヶ谷さんがかけてくれたのかな。

無理に起こすことなく、わざわざブランケットを持ってきてかけてくれた。その優しさを思うと、また胸がときめく。

台所のシンクへ食器を置いた彼は、こちらに戻ってきて私の顔をまじまじと見る。

「どうかしましたか?」

「頬。変な跡ついてる」

言われて頬を触ると、微かにボコボコとした感触から斜めのシワのような跡がついていることに気がついた。

右腕に顔をのせていたから跡がついちゃったんだ。

しっかりとついているその跡が恥ずかしくて、私は右手で頬を隠す。そんな私を見て津ヶ谷さんはあきれたように笑った。

「こんな所で居眠りしてるからだ。寝るなら部屋に行け」

「すみません……津ヶ谷さんを、待ってたはずだったんですけど。寝落ちしちゃって」

「俺を?　なんで」

不思議そうに首をかしげた彼に、ぼそりとつぶやく。

「ひとりでごはんは、寂しいかと思って」

『子供じゃあるまいし』と怒られてしまうかもしれない。けれど、隠せず正直に言ってしまい、恐る恐る津ヶ谷さんの表情をうかがう。

すると津ヶ谷さんは「プッ」と噴き出し、笑いだす。

「ひとりで寂しいって、子供かよ」

「うっ……すみませんね」

やっぱり言われた。

けれど津ヶ谷さんはそれ以上からかうことはなく、私の隣に座るとこちらへ手を伸ばす。

そして私の頬の跡をなぞるように、そっとなでた。

「けどありがとな、彩和」

その言葉とともに柔らかく笑う彼に、ドキ、と胸が音をたてる。

「まぁ来週には休んでる奴も復帰するし、この忙しさも今だけだ」

「そ、そうですね」

その手はすぐ離れてしまうけれど、触れられた頬が熱く、赤くなるのをさとられないように両手で覆いながら顔を背けた。

そんな私の反応をとくに気に留めることなく、津ヶ谷さんは「あ、そうだ」と思い出したように口を開く。

「言い忘れてたけど、今度の日曜って空いてるか？」

「え？　はい、空いてますけど」

「ならよかった。うちの両親が挨拶がてら食事でもしようってさ」

りょ、両親？

って、津ヶ谷さんの、ご両親？

「ご、ご両親と⁉ 食事ですか⁉」

突然の話に驚き声をあげると、津ヶ谷さんはうるさそうに顔をしかめる。

そういえば……。入籍してすぐ津ヶ谷さんのご両親にはご挨拶にうかがう予定だったけれど、向こうに仕事が入ってしまい延期になったままだった。

息子の結婚の挨拶より仕事が優先というあたり、少しドライなご両親なのかなという印象を受けたのを覚えている。けれど、まさかこんなに唐突に話がくるとは。

さすがに一度も挨拶もしないわけにはいかない。

だけど、津ヶ谷さんのご両親……つまりは、大手企業の社長夫婦……。

どんな人なんだろう、厳しそう、気に入られなかったら離婚もありえる。つまり、この話はなくなって、秘密もバラされる⁉

一気にいろいろな考えがめぐり、サーッと血の気が引いた。

「な、なにを着たらいいですか⁉ ドレス⁉ 着物⁉ スーツ⁉」

「普段着で」

パニックになる私に、津ヶ谷さんはあきれた顔でため息をつく。

「別に緊張しなくてもいいから。普通の顔で座ってろ」

「そんなの無理ですって……」

「大丈夫だって」

想像しただけで、すでに今から緊張で震える。けれど、それを和らげるように津ヶ谷さんは私の鼻を押して変な顔にさせた。

そうやってまた人の顔で遊ぶ……。

鼻を押されたまま不満げな顔をする私を見て笑うと、津ヶ谷さんは立ち上がる。

「さて、メシも食ったし風呂入って寝る。彩和も、今度はちゃんと部屋で寝ろよ」

そして「おやすみ」と小さく笑うと、頭をぽんと軽くなで浴室のほうへと向かっていった。

なんだか、初日より津ヶ谷さんの雰囲気が柔らかくなった気がする。

平然としていた様子の津ヶ谷さんも、私に慣れてきてくれたってことかな。

そう思うと、ちょっとうれしい。

けど、津ヶ谷さんのご両親に会うのはやっぱり不安だ。とくにお母さんなんて、女性社長というくらいだし……。

いやいや、意外と普通の人で、優しい人かもしれないし。よくないことばかりイメージしていてはダメだよね。うん、そうだ。

自分に言い聞かせるように胸の中で繰り返すと、今日はもう寝ようと私は自室へ向かった。


けれどそう簡単に緊張がほぐれるわけもなく、金曜、土曜とドキドキしながら過ごした。

そして迎えた日曜日。雲ひとつない爽やかな晴空の下、私は緊張で身動きひとつせず津ヶ谷さんの運転する車に乗っていた。

腕の中には、手土産として購入した、高級洋菓子店のお菓子を抱えて。

服装は、白い丸首ブラウスに水色のフレアスカートと清潔感重視で選んでみた。髪も念入りに巻いて、メイクも派手になりすぎないよう気をつけた。

準備万端、のはずなのに。これで大丈夫かな、とまた不安になってきてしまう。

「……彩和。そこまで緊張されると俺まで緊張してくるんだけど」

そんな私を運転席の津ヶ谷さんはあきれたように横目で見た。

「わ、私だって緊張したくないですよ。でも、いろいろ心配になってきちゃって、もしバレたらどうしようとか……」

「大丈夫だって。あ、でもお前嘘つくの下手だから、なにかあったらにこにこ笑って流しておけよ」

「うっ……はい」

そんな会話をしながらやって来たのは、神楽坂《かぐらざか》にある料亭だった。

駐車場から少し歩いた先にある、大きな門をくぐると、着物姿のお女将らしき女性に出迎えられた。

「本日予約した津ヶ谷ですが」

「津ヶ谷様ですね。――こちらのお部屋でお連れ様がお待ちでございます」

長い廊下を歩いて案内された先で、開いた戸の向こうには、ふたりの姿が見えた。

横に長いテーブルに並んで座るのは、五十代後半くらいの男女。

派手な赤いシャツを着た、ベリーショートの髪型の濃いめのメイクの女性と、質のいいスーツに身を包んだ少し垂れ目の男性という真逆なふたりが津ヶ谷さんのご両親だった。

「遅かったわね、愁」

津ヶ谷さんのお母さんは、じろ、と津ヶ谷さんを見て言う。

その視線の鋭さとツンとした言い方に思わず怯《ひる》んでしまうけれど、津ヶ谷さんは慣れたようににこりと笑って答えた。

「すみません。少し道が混んでまして」

「混雑も視野に入れてもう少し早くに出るべきだったんじゃないの？」

き、厳しい……。

会って早々のギスギスとした空気に、お女将は遠慮がちに部屋を出た。

暖かな日が差す、広々とした和室に私たち四人だけになったところで、津ヶ谷さんのお父さんはにこりと笑って口を開く。

「いや、愁たちは時間通りだよ。父さんたちが着くのが早すぎたんだ。母さんが緊張して落ち着かないって言うから……いたっ」

そこまで言ったところで、お母さんはお父さんの太ももをぎゅっとつねったらしい。

お父さんは苦笑いでそれ以上の言葉をのみ込む。

緊張して、落ち着かない……。つまり津ヶ谷さんのお母さんも、同じように緊張していたということかな。

そう思うと、自分だけじゃないということと、緊張してもらえているということに安心感を覚えて、少しだけ張りつめていた糸が緩んだ気がした。

「ところで、あなたが愁の結婚相手？」

気を緩めたのもつかの間、すぐにこちらに向けられる厳しい眼差しに私は慌てて姿勢を正す。

「あっ、はい。桐島彩和と申します。こちら、心ばかりのものですが……」

「わざわざすまないね。どうぞ、そちらに座って」

頭を下げ、手土産のお菓子を渡すと、津ヶ谷さんのお父さんはお礼を言って受け取り、私たちに座るように促した。

「彩和さん、はじめまして。愁の父です。いつも息子が大変お世話になっております」

「いえ、こちらこそ。ご挨拶が遅くなりまして申し訳ございません」

津ヶ谷さんのお父さんとお互いに深々と礼をして挨拶を交わす。その間もお母さんからは厳しい視線が向けられていた。

ううっ、津ヶ谷さんのお母さんはイメージ通りのクールな女社長だった。

でも逆にお父さんが優しいタイプの人でよかった。ちょっと会話しやすいかも。

挨拶が済んだところで、戻ってきたお女将が、テーブルに料理を並べ始める。

懐石料理のコースにしてくれたのだろう、お刺身や茶碗蒸し、小さめのお寿司や煮魚など、豪華な料理がたちまちテーブルを埋め尽くした。

けど、とてもじゃないけれど箸をつける余裕なんてない……！

にこにこと笑顔をつくりとりあえず出されたお水を飲む私の横で、津ヶ谷さんとお父さんは話す。

「それにしても、愁もいきなりだなぁ。珍しく自分から連絡してきたかと思えば『入籍した』なんて」

「すみません。彩和とは結婚を視野に入れての交際でしたので、話がトントン拍子に進んでしまって」

「それならそうと言ってくれればよかったのに。母さんも愁を心配してあれこれと見合い相手を探していたんだよ」

津ヶ谷さんのお父さんがポロっとこぼした言葉に、お母さんは『また余計なことを』と言いたげに睨むと、ごほんと咳払いをひとつした。

「彩和さん、だったかしら。あなたご実家はどちら？　なにか家業はなさってるの？」

「実家は新潟です。父は製薬会社で働いていて、母はパートで、普通のサラリーマン家庭です」

「大学はどこの出身？　今お仕事は？」

うう、一気に質問攻めだ。

しかも私がどのレベルの人間なのかを測るような質問の内容に、引きつりそうになる顔をぐっとこらえて笑顔をキープする。

「大学は都内の短大で、現在は津ヶ……愁さんと同じ会社に勤務いたしております」

「そうか、愁と同じところに。社内結婚かぁ、いいねぇ」

ほのぼのと相槌を打ってくれるお父さんを無視して、お母さんはアイラインをしっかりとひいた大きな目でこちらを鋭く見る。

「単刀直入に聞くわ。愁のどこがいいと思って結婚に踏みきったのかしら」

「え⁉」

「顔？　それとも家？　いずれ会社を継ぐという立場？」

も、ものすごく警戒されている……！

さすがに津ヶ谷さんのお父さんも「こらこら」と諭すけれど、お母さんの視線は私を逃してはくれない。

だけど、たぶんお母さんは心配なんだろうな。

津ヶ谷さんに、条件だけを見て彼自身を見ていない人がくっつかないように。いつか彼が傷つくことのないように。

心配して、警戒しているのだと思う。

きっと、下手な嘘は通じない。だから私は、正直な気持ちをはっきりと答えよう。

そう心に決めて、ご両親をまっすぐ見据えた。

「愁さんは、いつもみんなに慕われていて、努力家で仕事も非常にできる方で、みんなの憧れの王子様です」

優しくて、にこやかで、『王子』と呼ばれる津ヶ谷さん。

普段は真逆で、意地悪なことばかり言って、すぐからかってくる。

だけど。

「でも私は、王子じゃない普段の彼の優しさに惹かれました。意外に思うところもたくさんありますけど……でも私は、愁さんだから惹かれたんです」

ふたりきりの時だけに見せてくれる、ありのままの彼は、とても人間味があってまっすぐだから。

ふたりの間では飾らなくていいんだって、そう安心して、私は私のままでいられるんだ。

笑顔で言いきった私に、津ヶ谷さんのお母さんは驚き、お父さんは笑ってくれた。

そんな対照的なふたりの反応を見て、それまで黙っていた津ヶ谷さんが口を開いた。

「心配してくれてありがとうございます、母さん。でも、大丈夫です。彼女は、俺自身が選んだ人ですから」

テーブルの下、津ヶ谷さんの手はこちらへと伸ばされ、私の手をぎゅっと握った。

まるで、私への信頼を表すかのように。

「至らない点ばかりではありますが、彼女とふたりで支え合って生きていこうと思ってます。なので、なにかあったときはご指導よろしくお願いします」

そして深々と頭を下げた津ヶ谷さんに、続くように私も頭を下げた。

ふたりで、支え合って……。

そんな言葉、ご両親の前だから言っているただのセリフだとわかっている。

わかっていても、ときめいてしまうのはどうしてだろう。

力強く大きな手が、触れるから?

普段聞けないようなセリフを言ってくれているから?

わからない、けど。

「あぁ、もちろんだよ。ねぇ、母さん?」

津ヶ谷さんのお母さんはうなずいてくれることはなかったけれど、反対しているというよりかは素直にはうなずけないといった様子に見える。

それを津ヶ谷さんのお父さんも察したのか、おかしそうに笑って「素直じゃないね」と付け足した。

「あー……疲れた……」

それからなんとか食事を終え、帰宅した私と津ヶ谷さんは、ふたりで情けない声を出しながらぐったりと縁側に寝転んでいた。

小西さんは買い物にでも行っているのか、家にはいなかったため、私たちの気はいっそう緩んでいる。

「緊張した……吐くかと思った……」

「俺も。お前が緊張するからこっちまで緊張したっての……」

お互いに深く息を吐きながら、空を見上げる。

夕日でオレンジ色に染まり始めており、昼間より少し冷えた風がそよそよと頬をなでた。

津ヶ谷さんのお父さんが終始和やかにフォローをしてくれたこともあって、なんとか食事も終えることができた。

あんなに豪華な料理にもかかわらず味はいっさい覚えていないけれど。

今日のことをあれこれと思い出す中、ふとご両親相手にも敬語を使い、素を見せることのなかった彼の姿が浮かんできた。

「津ヶ谷さんって、ご両親の前でも王子なんですね。しかも敬語」

「あぁ。まぁ、そもそも外面をつくるようになった原因は親にあるからな」

親が……？

それって、どういうこと？

たずねるように、同じように横に寝転がる津ヶ谷さんを見ると、彼は視線を空に向けたまま言う。

「子供の頃から母親があんな感じで厳しくてさ。将来のために、って口癖のように言われて、完璧を強いられてた。結果、誰の前でもいい人を演じる王子様の完成ってわけだ」

その言葉とともに、ははっ、と乾いた笑いを見せた。

そうだったんだ……。

たしかにお母さんは子供の教育も厳しそうだ。悪い人ではなさそうだし、きっとよかれと思って厳しくしたのかもしれない。

けれど、それを子供自身がすんなりと納得できるわけもなく、津ヶ谷さんにもお母さんに対していろいろと思うところがあるのだろう。

オレンジ色に照らされた横顔は、複雑な心境を表すように細められた。

私は、地元に趣味を理解してくれる友達もいるし、親だってもちろん素の私を知っている。

完璧な自分の仮面をかぶっているのは、大学入学以降に出会った人たちの前でだけ。けれど、津ヶ谷さんは違う。

会社でも家族の前でも、家の中でも、仮面をかぶり続けている。

息苦しく、ないんだろうか。はずしたいと思ったり、投げ出したくなったりしないんだろうか。

胸がぎゅっと、切なさに締めつけられた。

その苦しさをこらえて、体を起こして膝を曲げ縁側に座ると、彼のほうを見る。

「誰の前でも王子様……それって、寂しくないですか？」

本当の自分を見せられない。見せたところで理解されないだろうとあきらめる。その寂しさを私も知っている。

彼の顔を見つめて問いかける私に、津ヶ谷さんは横になったままこちらを見た。

そんなことを言われるとは思わなかった、とでもいうかのような不思議そうな表情だ。

「……そうだな。そういう感情も、前はあったかもな」

「前、は？」

「あぁ。けど今は、寂しくなんてない。本当の自分を見せられるし、それを見ても離れていかないような奴がいるからな」

津ヶ谷さんはそう言ってそっと微笑む。

それは、つまり私のこと？

私がいるから、寂しいと感じないということは、少しくらいはこの生活を悪くないと思ってくれているということだろうか。

そうだったら、うれしいな。

その感情を表すように、自然と笑みがこぼれた。

「まぁ、『離れない』じゃなくて『逃げられない』のほうが正しいかもしれないけど」

津ヶ谷さんはそう言って笑うと、姿勢を変え、私の膝に頭をのせて横になった。

「わっ、津ヶ谷さん？」

「少し寝る。膝貸せ」

顔を庭のほうへ向けて、彼はそっと目を閉じる。

これは、膝枕というやつ？

ただ枕にするのにちょうどいいというだけなのか、甘えてくれているのか。

どちらにせよ、かわいい。

膝に触れるふわふわとした髪がくすぐったい。

いつもの王様のような態度も、この長いまつ毛を伏せた、無防備な横顔も、知っているのは私だけ。

風に揺れる毛先に触れたくて、思わず手を伸ばそうとしたその時。

「……あと、ありがとな」

顔を背けたままの津ヶ谷さんが、ぼそ、とつぶやく。

「え？」

「さっきのセリフ、演技だとわかっててもうれしかった」

さっきのセリフって、私が津ヶ谷さんのお母さんに伝えた、彼への気持ちのこと？

それに対して『ありがとう』だなんて。その言葉がうれしくて、また胸がときめくよ。

「演技なんかじゃ、ないです」

私の声に、顔を背けていた津ヶ谷さんはこちらを見た。

「王子じゃなくたって、意地悪だって、そんな津ヶ谷さんがいいと思ってます。あの言葉はお母さんの前だから出た言葉じゃなくて、私の本音です」

今、恥ずかしいことを言っているかも。そう思うと照れてしまって、私はへへと笑う。

するとと津ヶ谷さんは寝転がったまま手を伸ばし、私の頬にそっと触れた。

そしてゆっくりと私の顔を下に引き寄せ、距離を近づける。

まっすぐに見つめる茶色い瞳に抵抗する気など起きず、私はその軽い力に従った。

そして、空のオレンジ色も見えなくなるくらい、視界が彼で埋め尽くされた。その時。

「ただいま帰りました〜」

小西さんの高らかな声とガラガラッという玄関を開ける音に、私たちは一瞬で我に返り体を離した。

「あっ、おふたりともおかえりなさいませ！　早かったですね……って、あら？　どうかしました？」

「い、いえ別に！　おかえりなさい！」

慌てて立ち上がって小西さんのもとへ駆け寄ると、彼女が両手に持っていた買い物袋を受け取り台所へ運んだ。

い、今、津ヶ谷さん、キスしようとした……？

なんで、そんな、いきなり。

これまでからかってキスをするフリをしたり、唇以外にキスをしたりすることはあった。

けど、今のは違う。

まるで本物の夫婦のような、自然な空気だった。

思い出すと頬はたちまち熱くなり、真っ赤になっているだろうことが想像ついた。

セリフだとわかっていてもうれしかった、か。

『私も』なんて言ったらどうなる?

偽装の関係から、本物に近づけることはあるのかな。

淡い期待をのみ込むうちに、空に浮かぶ夕日は深く沈んでいった。

六　強がり

緊張と緩和で大混乱の日曜を無事終え、またほんの少し津ヶ谷さんの素顔に近づけた気がした。

寂しくない、そう言ってくれたことがうれしくて、少しでも私でよかったと思ってもらえたら、なんて図々しい希望すら浮かんでしまう。


週が明け、六月の一週目に入った。休んでいた社員も復帰し、津ヶ谷さんの忙しさも落ち着きを取り戻した。

そんなある日の朝。身支度を終え家を出ようとしたところで、玄関の隅に大きめの紙袋が置いてあることに気づいた。

「小西さん、これは？」

同じく家を出ようとしたところでそれを発見した津ヶ谷さんが、靴を履きながらたずねると、駆けつけた小西さんは思い出したように声をあげた。

「あっ、そうでした！　こちら奥様から彩和さんへの贈り物でございます」

「奥様って、津ヶ谷さんのお母さんからですか？」

「ええ。『手土産もらったお返し。先日はありがとね』と、奥様からお電話がありました」

わざわざお返しだなんて。

ちょっと怖い人だけど、きっと悪い人じゃないんだろうな。

「そうだったんですか。じゃあ、あとでお礼の電話したいので、お母様の番号教えてください」

「あっ、はい。あとで連絡先お教えしますね」

小西さんとそう会話を交わしながら、私は袋をとりあえず居間に置いた。

中身を確認したいところだけど、ゆっくり見ている時間もない。帰ってから確認しよう。

そして小西さんに「いってきます」と声をかけると、津ヶ谷さんとふたりで家を出た。

駅までの道のりをふたりで歩く。ハイヒールで少しもたつく足もとに、津ヶ谷さんは合わせるようにスピードを緩めてくれる。

「津ヶ谷さん。お母様、いい方ですね」

見上げながら言うと、彼は視線をこちらに向けることなく歩き続ける。

「……厳しいだけだったら嫌いになれたのにな」

ぼそっとつぶやいたその言葉からは、お母さんの厳しさが愛情からくるものだとわかってはいることが感じ取れた。

少しの溝はあるだろう。けど、お互いがほんの少し素直になれれば埋まってしまう気もした。

しばらく歩き、着いた駅でいつものように電車に乗ろうとする。ところが、いつもなら余裕のある電車内は今日はなぜか満員で、乗客がすし詰め状態になっていた。

「わ……大混み」

「遅延でも発生したんだろ。でも俺たちもこれ乗らなきゃ時間ギリギリになるし、乗るぞ」

「えっ、あっ」

津ヶ谷さんはそう言うと、私の腕を引き電車に乗り込む。

たちまち人混みに埋もれてしまう中、彼は私を壁際に置き、背後の壁に肘をつく形になる。

背の高い津ヶ谷さんを見上げると、彼は少し窮屈そうにしながらも体勢を崩さぬように耐える。

「大丈夫なんですか？　こんなところ誰かに見られたら……」

「これだけ満員ならわからない。もし気づかれてもなんとでも言えるだろ」

まるで守ってもらえているかのような形で、私はうれしいけれど、いいのだろうか。

そんな小さな不安から彼の顔を見上げたまま目を離せないでいると、こちらを見た津ヶ谷さんは突然右手で私の目もとを隠す。

「この距離で見上げんな」

「へ？　なんでですか？」

「いいから。下向いて涼宮くんのことでも考えてろよ」

そう言いながら津ヶ谷さんは私の頭を下に向けさせた。

見上げるなって、なんで？

意味がわからないまま電車に揺られ、乗客が乗り降りするうちにいっそう距離は近づく。気づけば私は彼の胸もとに顔を押しあてる形となっていた。

ち、近い……。

顔が彼のシャツに触れてファンデーションをつけてしまっては大変だ。そんな思いから顔を横に背ける。

思わずその胸に耳をあてるような形になってしまいながらも、ドク、ドクとその心臓の音に耳を傾けた。

心臓の音が、速い。

もしかして、さっき見上げるなとか言っていたのは、少しは照れていたということかな。

そうだったら、いいのにな。

なんて、頭の中では津ヶ谷さんのことばかり考えてしまう。

大好きなはずの涼宮くんのことが、考えられない。

「……おい。次、降りるぞ」

「あっ、はい」

彼の低い声にふと我に返ると、ちょうど電車が駅に止まる。ドアが開いた次の瞬間、私たちはホームに吐き出された。

窮屈感から解放されたせいか外の空気が新鮮なものに感じられ、ふうと深呼吸をしていると、そのうちに津ヶ谷さんは足早に改札方面へと向かってしまった。

……会社の最寄駅でいつまでも一緒にはいられないよね。

いつも通りの、他人のフリ。

わかっているはずなのに、遠くなるその背中を見ていると少し寂しく思えてしまうのはどうしてだろう。


気を取り直して会社へ向かい、やって来たオフィスで仕事に取りかかった。

少しの事務作業を終え、頃合いを見て資料をまとめて外出の準備を始める。

「桐島さん、今日は外回り？」

「はい。店舗の改装に伴い、大々的にうちの商品を展開してくれるという取引先があって。売場レイアウトの打ち合わせに」

「おっ、ということは発注も増えるし桐島さんまた営業成績上がっちゃうね～」

上司の言葉を笑って流すと、鞄を持ってオフィスを出る。

そうだ、資料としてうちのショールームの写真を撮って持っていこうと思っていたんだ。

そう思い、ひとつ下のフロアにあるショールームへと向かう。

すると、ちょうどそこからうちの社員とともに出てきたひとりの男性と目が合った。

日に焼けた色黒の肌に、ストライプ柄のシャツと上下黒色のスーツを合わせた格好の彼。

見覚えのあるその姿に思わず足を止めると、彼も気づいたようにこちらを見て足を止めた。

「あれ、彩和?」

「あ……」

彼を見た瞬間思い出すのは、もう四年も前の苦い記憶だった。

『ありえないだろ。彼女がそんな気持ち悪い趣味とか、無理』

その時の彼の軽蔑するような態度と、見下したような笑みがはっきりと思い出され、体の奥でサーっと血の気が引くのがわかった。

どうしよう、どんな顔をすればいい?

頭が真っ白になって、パニックになって、言葉が出てこない。

驚いた顔をする彼と、どうしたのかと不思議そうな顔をする社員。そんなふたりの視線を向けられて、余計足が固まって動けなくなってしまう。

愛想笑いでかわさなきゃ。切り抜けなくちゃ。

そうわかっているのに動けなくなる。

「桐島さん」

その時だった。背後から名前を呼ぶ声にふと我に返った。

振り向くとそこにいたのは津ヶ谷さんで、彼はにこやかな笑顔でこちらを見ていた。

「ちょうどよかった、課長からさっき伝言を頼まれてたんだ。こっちで、話いい？」

「あ……はい」

手招く彼に、私は駆け寄るとふたりですぐ近くのミーティングスペースに入った。

「津ヶ谷さん、課長からの伝言ってなんですか？」

「は？　そんなの嘘に決まってるだろ」

「えっ」

嘘？

あまりに堂々としていて自然だったので、すっかり騙されてしまった。

「でも、どうして？」

「たまたま通りかかったらお前が硬直してるのが見えたから」

つまり。動けずにいた私を助けるために？

その気遣いがうれしくて、それ以上に申し訳ない。小さく「すみません」とつぶやいた。

「あれ、元カレだろ」

「え！　なんで知ってるんですか……」

「あんなあきらかに動揺した姿を見れば誰でも気づくだろ。わかりやすすぎ」

そう、先ほどの彼は四年前に別れたきり会っていなかった元カレだ。ちなみに私の人生での初彼氏でもある。

取引先のアパレル会社の営業の彼とは、以来機会もなく顔を合わせることもなかった。

彼との交際はあまりいい思い出じゃなかった、それどころか別れ際はとくに苦い記憶しかなく、この心にすっかりトラウマを植えつけられてしまったことから、つい動揺してしまったのだった。

「で？　元カレと再会して動揺するとか、まだ意識してんのかよ。それとも未練でもあるのかよ」

「べっ、べつにそうじゃないですよ！」

『元カレへの意識』、それを言いあてられ、ごまかすように顔を背ける。けれど、津ヶ谷さんはそれを逃さないように、右手で私の頬に優しく触れると、顔を自分のほうに向けさせる。

「じゃあなんだよ」

その茶色い瞳は問いただすように私をじっと見つめた。

けれど、過去の自分の情けない経験や弱音をここでさらけ出すなんてことはとてもじゃないけれどできなくて、私は思いきりその手を払う。

「なにもないです！　ほっといて！」

そして逃げるように、ミーティングスペースをあとにした。

……情けない。

元カレと再会しただけで、過去のことを思い出して動揺してしまうなんて。

未練？　ううん、そんなものじゃない。

ただ、思い出してしまうんだ。

彼が私に向けた冷めた眼差しと、遠くなる心の距離。

そのたび苦しくなって、自分のことが嫌いになっていったあの頃を。


午後イチで出かけて夕方まで取引先と打ち合わせをおこない、会社に戻った私は、津ヶ谷さんと顔を合わせることなく帰宅した。

帰宅早々、今朝受け取った津ヶ谷さんのお母さんからの贈り物の中を確認すると、高級ブランドのボディケア用品のギフトセットだった。

こんなにいいもの、自分じゃ絶対買えない……。大切に使おう。

その贈り物に気持ちは一瞬上がるけれど、昼間のことを思い出して無意識にため息が出た。

「はぁ……」

それを聞いて、夕食のおかずをテーブルに並べる小西さんは不思議そうに首をかしげる。

「あらあら、なにか悩みごとですか？」

「まぁ、いろいろありまして」

こんな話、小西さんに言って津ヶ谷さんのお母さんにまで届いてしまったら大変だ。そんな気持ちもあって言わずに濁す。

こちらの考えを知ってか知らずか、小西さんはそれ以上深く聞くことなく、思い出したように台所へと向かった。

「ため息をつくと幸せが逃げてしまいますよ。そんなときはコレです！」

そして小西さんが差し出したのは、リボンがつけられたワインボトルだった。

「ワイン、ですか？」

「はい。友人からいただいたのですが私も主人も飲めませんので。よろしかったら愁さんとおふたりでお飲みになってくださいな」

私も普段あんまりお酒って飲まないんだけど……。

そう思いながらまじまじと、深い赤紫色が綺麗な赤ワインを見た。

「なにやら結構いいものみたいですよ。試しに一杯いかがですか？」

「えっ、いいんですか」

「愁さん今日は遅くなるみたいですから。先にちょっと飲んでもバチはあたりませんよ」

小西さんはうふふと笑いながらグラス半分ほどのワインを注ぐ。

それを受け取り嗅いでみると、濃く甘いワインの香りが鼻から入り込んだ。

いい香り……。

口をつけて小さくひと口飲むと、予想以上に飲みやすく、ジュースのような感覚で喉を通っていった。

「ん、おいしい！」

「ふふ、よかったです」

これはついつい飲んでしまうかも。グラスの中身を空にしながら思っていると、夕食がひとり分しか用意されていないことに気がついた。

「あれ、小西さん帰っちゃうんですか？」

「ええ。今日はこれから近所の人とのカラオケ大会があるので！」

小西さんはそう言って、そそくさと荷物をまとめて帰っていく。

友達と会ったりカラオケ大会に行ったり、小西さんって結構アグレッシブ……。

ひとり残った私は、せっかくなら小西さんの作ってくれたおかずをおつまみにワインを飲もうと決めた。

今日のおかずは焼き魚だから、ワインと合うかはちょっと微妙だけど。

津ヶ谷さんと、とも思ったけれど今日はふたりでゆっくり飲む気分ではない。

津ヶ谷さんが帰ってくる前にひとりで飲んじゃお。

そう思い、ワインをもう一杯グラスに注いだ。


「……で？　ひとりで一本開けてこのザマ、と」

数時間後、日付が変わる少し前に帰宅した津ヶ谷さんはそう言ってあきれた目を向けた。

それもそのはず。居間のテーブルには、空になったワインボトルとグラスが放置され、ぐったりとした私が伏せていたのだから。

「うぅ……だって、おいしかったんですもん……」

「バカ。かなり度数強いやつだ。ラベルにちゃんと書いてあるぞ」

ラベルなんてまともに見ずハイペースでワインを飲み、一気に酔いが回って動けなくなってしまったところで津ヶ谷さんが帰ってきたのだった。

「今日はもう寝ろ。部屋に連れていってやるから」

「ほっといてください！　津ヶ谷さんには関係ないんだからー！」

「はいはい、わかったわかった」

津ヶ谷さんはなだめるように言いながら、私の隣に屈むと腕を伸ばす。

そしてお姫様抱っこで軽々と私を持ち上げると居間を出た。

「ちょっ、待って、下ろしてー！」

「おとなしく抱えられとけ。どうせフラフラでまともに歩けないんだから」

恥ずかしくてバタバタと暴れるけれど、細く見えてがっしりとした腕はしっかり抱えて離さない。

しょうもない奴とか、重いとか思われているのかな。あぁ、情けない。

だけどこうして抱き上げられて、うれしく思う自分がいるのもたしかだ。

津ヶ谷さんは二階にある私の部屋へやって来ると、壁際に置かれたベッドに私をそっと下ろした。

そしてタオルケットをかけ寝かしつける、かと思いきや、一緒にベッドに入り、肘を曲げて手のひらで頭を支える体勢になりこちらを見た。

「な、なにしてるんですか」

「お前が寝落ちするまで、愚痴くらいなら聞いてやる」

それは、昼間私がのみ込んだ言葉や、まだこんなにももやもやとし続けている理由を聞いてくれるということなのだろう。

過去の自分の情けないことも、弱音も、見せたくない。

……だけど、こうして隣に寄り添って、耳を傾けてくれるのなら。

少しは甘えてみようかな、なんて思い、私は彼に背を向け口を開いた。

「……私、子供の頃からアニメとか漫画が好きで。でもって引っ込み思案だったから、よく男子に『根暗』とか『オタク』ってからかわれていたんです」

「まぁ、そう言いたがる奴もいるよな」

納得したように言いながら、ふん、と鼻で笑う声から『つくづく夢見がちな奴だ』とでも聞こえてくる。

「でも高校三年生の時に好きな人ができて、初めて勇気を出して告白したんです」

薄暗い部屋の中、月の明かりにうっすらと照らされる白い壁を見ながら思い出すのは、もう十年近く前のこと。

クラスでも中心にいた、同級生の男の子に片思いから精いっぱいの勇気で告白をした。

けれど、彼から返ってきたのはうれしい反応でも誠実な言葉でもなかった。

「そしたら、『お前みたいな暗いオタクと付き合えるかよ』って言われてフラれて。すごくショックで、同時に、変わらなきゃって思いました」

笑いながら彼が言ったその言葉に、悲しいとか切ないと感じながらも、それ以上に自分が恥ずかしいと思った。

人と話すことが苦手で、勇気を出すこともできなければ、克服する努力もしてこなかった。

だからいつまでたっても、少し話すだけで息が上がり、言葉が詰まり、顔も真っ赤になってしまう。

真っ赤な顔を見られないように、猫背になって下を向いて、髪も顔を覆うように伸ばしたまま。

好きな世界しか、見てこなかった。

そんな私に彼の言葉は当然だったのかもしれない。

だけど、この先もずっと同じ言葉を繰り返されるのも、同じ気持ちになるのも嫌だったから。

変わらなくちゃって、思ったんだ。

「メイクを覚えて髪を染めて、ダイエットもして、ファッションも表情も勉強しました。地元を離れて都内の大学に通うのを機に、大学デビューしたんです。もちろん、自分の趣味を理解されないこともわかってましたから、それは隠すことにして」

「で？　その大学デビューの成果は？」

「それはもう、これまでとは真逆でした。からかわれることもなく、男女ともに友達も増えて、私変われたんだってうれしかった」

背筋を伸ばして、明るい色の髪をかき上げて、高いヒールで歩く。

それだけで、周囲の反応はまるで違った。

人に囲まれ、話しかけられ、そのうち自分からも話せるようになった。

私は変われたんだって、うれしかった。

けど、心の中には常に闇が覆う。

「……でも、本当の自分は誰にも見せられないままだったから、どうせ上っ面しか見てないくせにと思って、誰にも心は開けなかった」

ぼそ、とつぶやいた言葉に、それまで相槌を打って聞いていた津ヶ谷さんの声が途絶えた。

同様に仮面をかぶるその胸の中にも、似たような気持ちがあるのかもしれない。

「そんな中、就職したこの会社で出会ったのが、今日の昼間にいた彼でした。初めて付き合った人で、すごく好きで、半年付き合って、本気で将来を考えた」

仕事で知り合った彼は、明るく優しい人だった。

社交的で友達も多い、私とは真逆な人。だからこそ惹かれたのもあるかもしれない。

見た目は軽そうで、だけどキス以上進むことができない私を焦らせることなく大切にしてくれた。その思いもうれしかった。

だけど、それは長くは続かなかった。

「けど、ある日彼がいきなり家に来て、部屋のグッズとか見られて……正直に打ち明けたの。そしたら『ありえないだろ』『気持ち悪い』って言われて」

まだ彼には見せていなかった。本当の自分の一部。

だけど、それを目にした彼は怪訝な顔をしてみせた。

『好きって、オタクみたいな？　ありえないだろ。彼女がそんな気持ち悪い趣味とか、無理』

『そ、そうかな……』

『そうだよ。綺麗でしっかりしてて、そんな彩和だから付き合ったのに、そんなことで失望させんなよ』

そう、否定の言葉ばかりを口にして。

「『失望させるな』って言葉を聞いたときに、あぁ、やっぱり本当の私には価値がないんだって思ったんです。以来彼ともうまくいかなくなって、結局向こうが新しい彼女つくってフラれちゃいました」

壁のほうを向いたまま、過去のこと、と割りきるように笑った。

「でも本当未練とかがあるわけじゃないんです。彼はその彼女と結婚して子供も生まれたらしいですし、私みたいな偽物といるより幸せでよかったんじゃないかな」

そう、よかったんだ。わかってもらえなくてあたり前だし、否定されてあたり前。全部当然のことで、落ち込む理由なんてない。

納得させるように繰り返すたび、胸にはチクリと痛みが走るけれど。

「……彩和」

その時、津ヶ谷さんは突然私の肩を引き、顔を彼のほうへ向けさせる。

そして彼が私の目尻をなでたしぐさで、自分が泣いていたことに気がついた。

「あれ、なんでだろ……すみません」

情けない泣き顔を見られたくなくて、両手で顔を隠す。

けれど、津ヶ谷さんはそんな私から目を逸らすことなく、頭をぽん、と軽くなでた。

「泣きながら強がり言ってんじゃねーよ。この際だ、本音聞かせろよ」

「本音なんて……」

「今さら、引いたり失望したりなんてしないから」

本音なんてない、さらに重ねようとした強がりを、彼は優しい言葉で包み込んでしまった。

……ずるい。

いつもは意地悪なくせに。

仮の夫婦でしかないんだから、奥深くまで踏み込む必要なんてないのに。

そんなふうに欲しい言葉を与えられたら、甘えてしまう。

隠していた本当の自分が、もっとあらわになっていく。

「本当は、悲しかった。理解してもらえなくても、否定しないでほしかった」

「……うん」

「誰にもわかってもらえないのが、寂しい。ありのままの自分じゃダメなんてわかってる……けど、ありのままを見てほしい」

これまで胸に抑えていた気持ちを吐露すると、涙もいっせいにあふれた。

ぐしゃぐしゃな顔を隠そうと両手で必死に涙を拭う。すると津ヶ谷さんは、そんな私の手を掴んでそっとはずす。

そして泣き顔と向き合うと、小さく笑って涙を拭った。

「寂しいよな。誰にも理解されないことも、理解されない自分が悪いってあきらめることも。世界にこれだけの人がいるのに、いつだってひとりぼっちに思えて、つらい」

優しい声が、この寂しさに共感してくれる。

そんなたったひと言が、心をそっと包んでくれるのを感じた。

「わかる、なんて軽々しくは言わない。けど、ちゃんと伝わってるから」

「伝わって、る……?」

「あぁ。オタクで、すっぴんはかわいくて、実は大口開けて笑うことだってある。そんなありのままの彩和のよさを、俺は知ってる」

津ヶ谷さんはその言葉とともに優しい笑顔を見せると、右手でそっと私の頭を抱き寄せた。

『だから、寂しくないよ』

抱きしめる腕が、そう言ってくれている気がした。

彼の温かさに、また涙がこぼれる。

自分に、泣く資格はないと思っていた。

ありのままの自分が、悪いんだから。

だけど、今こうして泣いてしまうのはきっと、彼が受け入れてくれるから。

その温もりが、うれしいから。

抱きしめる体温に甘えるように目を閉じて、そのまま深い眠りに落ちた。


ひと晩明けた翌朝、太陽のまぶしさにそっと目を覚ますと、すぐ目の前にはまつ毛を伏せ眠る津ヶ谷さんの顔があった。

わっ、えっ⁉

驚きのあまり声も出ず、身を固くすると、彼の両腕が私を抱きしめていることに気がついた。

ずっと抱きしめてくれていたんだ。

そのまま津ヶ谷さんも眠ってしまったのだろう。

ひと晩中、同じベッドで……そう思うと恥ずかしくて、ドキドキしてしまう。

すると不意に津ヶ谷さんも目を覚ます。

「ん……」

「あ……目、覚めました？　おはようございます」

「あぁ、おはよう……あれ」

眠そうに目を開けながらこちらを見ると、津ヶ谷さんは一瞬状況が読めなさそうに私を見た。

そしてしばらく考えたのちに、ひと晩中この体勢でいたことに気づいたのだろう。その頬をほのかに赤く染めた。

その反応に、つられてこちらも赤くなる。

「な、なんで照れてるんですか」

「うるさい。お前だって照れてるだろうが」

津ヶ谷さんはそう言いながら私から腕を離すと体を起こしベッドから出る。

よっぽど予想外だったのだろう。

けど、津ヶ谷さんが照れるなんて意外。ちょっとかわいいかも……。

そんなことを思いながら、テーブルの上に置いてあったミラーをなにげなく覗き込む。

するとそこには、昨夜大泣きしたせいで目もとは腫れ、さらにお酒のせいか顔はむくんでパンパンというひどい顔が映っていた。

「わっ、顔ひどい！　最悪！」

思わず声をあげると、津ヶ谷さんはふふんと笑う。

「ひとりでワイン空にしたバツだ。マスクせずにそのまま仕事行けよ」

「うぅ……」

最悪だ。たしかに自分が悪いんだけどさ。

メイクで隠せるかな、と必死に鏡で目もとを見る私に、彼はおかしそうに笑って頭をぽんとなでた。

「大丈夫だよ。かわいいって」

「……ブサかわいいってやつですか」

「そうだな」

ひどい！

けど津ヶ谷さんのその笑みはバカにしているようには見えなくて。

彼が言うなら大丈夫なんじゃないかと、妙な安心感を与えた。

……ところが。

案の定というかなんというか、出社した私を見た社員たちはいっせいにざわめきだし、遠巻きにこちらを見た。

そんな中で女性社員がひとり、意を決したようにたずねてきた。

「き、桐島さん、その顔どうしたんですか?」

「あー……昨日ちょっと、深酒のうえに夜中まで映画見て号泣しちゃって」

さすがに本当のことは言えず、そんな言い訳で苦笑いをする私に、彼女は驚きながらもうなずく。

「えっ、桐島さんもそういうことってあるんですね、意外……」

がっかりされてしまうかも。あきれた目を向けられるかも。

素直になってみたはいいけれど、途端にそんな不安がよぎり、嫌な想像をしてしまう。

けれど、彼女や近くで聞き耳を立てていただろうほかの女性社員たちから返ってきたのは、おかしそうな笑い声だった。

「ふふ、桐島さんでもそういうことあるんですね。なんか安心しちゃいました」

「うんうん、桐島さんかわいい。あっ、目もとの腫れ隠せるファンデありますよ!」

それは、自分が予想していたものとは違う好意的な反応。

完璧な自分じゃなくても、大丈夫。

津ヶ谷さんの言ってくれた通りだった。

私は今まで過去にとらわれすぎて、周りが見えていなかったのかもしれない。

本当の自分と向き合ってくれる人も、きっといるのかもしれない。

そう思うと、安心感がこみ上げた。


それから数時間が経ち、お昼休憩の時間を迎えた。

今日は午後から外回りだ。天気もいいし近くの公園で食べて、その足で取引先へ向かおう。

そう思い、荷物を手に建物から出た。

「彩和」

突然呼ばれた名前に振り向くと、そこにいたのは昨日も見かけた彼……元カレだった。スーツ姿で小さく手を振ると、彼は小走りに近づいてくる。

それに対して私は冷たい視線を向けた。

「……なにか用？」

「えっと……あれ、どうしたんだよ。その顔」

話題を切り出そうとするより先に私の顔が気になったのだろう。不思議そうに私を見る彼に、「関係ないでしょ」と突っぱねた。

「ひどい顔してる。もしかして、泣いてた？　やっぱり昨日俺と会ったから？」

「え？」

「そっか、まだそんなに俺のこと好きでいてくれたんだな」

……はい？

なにを言っているか意味がわからず唖然としてしまう。

「それならやり直そう。彩和の愛に免じて趣味には目をつぶってやる！」

いや、待って。なんの話!?

上から目線で言う、その言葉の意味がわからない。

もう全然好きじゃないし、やり直さないし、そもそも奥さんも子供もいるでしょ！

こんな男の言葉を何年も引きずっていたのかと思うと、急にバカらしくなってしまった。

「照れるなよ。な、やり直そうぜ」

そんな私の冷めた気持ちを察することなく、彼は私の腕を掴む。

「ちょっと、やだ！　離してっ……」

するとその時、突然背後からグイっと肩を抱き寄せられる。

突然のことに驚き振り向けば、それは津ヶ谷さんの腕で、彼は元カレをまっすぐ見つめていた。

「悪いけど、触らないでもらえますか」

「はぁ？　お前、彩和のなんなんだよ！」

彼は取引先の社員ではあるものの、津ヶ谷さんは直接担当になったことがないので知らないのだろう。噛みつくように言う彼に、津ヶ谷さんは冷静な瞳で応える。

「夫だ、って言ったら？」

「え⁉」

「冗談ですよ」

そして彼をからかうように言って笑うと、私の肩を抱き寄せたままその場をあとにした。

連れられるがまま建物から離れた所で、私たちは足を止めた。

「大丈夫なんですか、あんなこと言って……言いふらされでもしたら」

「大丈夫だろ。適当にとぼけて切り抜ける」

たしかに……津ヶ谷さんが『なんのことですか？』と微笑めばだいたいの人は納得

してしまいそうな気がする。

「……でもありがとうございました。助かりました」

「別に、たまたま通りかかっただけだ」

そっけなく言うけれど、きっとたまたまではないのだと思う。

そんな不器用な彼の優しさに、希望のような問いかけがこぼれた。

「私が仮の妻じゃなくても、助けてくれましたか？」

自惚れかもしれない。

けれど、そうだったらいいな、なんて願いを込めてたずねる私に津ヶ谷さんはこちらを見て一瞬驚いた顔をした。

そしてふっと笑うと、

「さぁな」

そうごまかして、会社の方向へと戻っていってしまった。

さぁなって、どっちなんだか。

知りたいのに、知ることはできない。

期待などしてはいけないと思っていても、こんなことがあると期待してしまう。

そのたびにこの心は、彼に翻弄されるんだ。

七　あなたのこと

最近、津ヶ谷さんのことを考えるとドキドキしてどうしようもない。

肩を抱く力強い腕、頭をなでる優しい手。それらがいちいち胸をときめかせるから、困る。

涼宮くんに感じるものとはまた違う、ときめきだ。


「あー‼」

とある月曜日の朝、私は自分の部屋でテレビを目の前に悲鳴をあげた。

「どうした⁉」

その声が家中に聞こえてしまっていたのだろう。駆けつけた津ヶ谷さんが勢いよく戸を開ける。

けれど私は、がっくりと膝をついたまま。

「最悪……涼宮くんの限定フィギュアの予約、昨日までだったのすっかり忘れてた……！」

絶望的な声を出す私に、津ヶ谷さんは一気に冷ややかな目になった。

「……くだらねー……」

「くだらなくないです！　ショックー！」

そして津ヶ谷さんは、あきれたように言いながら私を置き去りに居間の方向へと向かっていった。

なんという不覚。涼宮くんに関することは忘れたことなんてなかったのに。

私、ちょっと変だ。


家で大騒ぎした後、出社してきたオフィスのデスクで事務仕事をしていると、声をかけられた。

「桐島さん、ちょっといいですか？」

オフィスの入り口から手招きをする主任に呼ばれ、私は席を立ち廊下へ出る。

「どうかされましたか？」

「急で申し訳ないんですが、明後日の水曜、スケジュール空いてます？」

「水曜ですか？　とくに商談の約束もありませんし、大丈夫ですけど……」

「よかった！　じゃあその日だけでいいので、展示会に会場係として参加してもらえませんか？」

主任という立場にもかかわらず、いつも腰の低いいい人と有名な彼は『お願い！』というようにパンッと手を合わせて頭を下げる。

そういえば、明後日から三日間、都内の大きな会場で様々な服飾メーカーが集まる大規模展示会があると聞いた。

そこでは新規取引先の獲得やさらなる発注確保のために、商品部や営業一課の担当者がブースに立つのだ。

私はその展示会での役目もなく、会社で通常業務組に入っていたから特別な準備もしていなかったけれど。

「あれ、でもあれって各部署からそれぞれ二名ずつって聞きましたけど」

「実は当初会場係として参加するはずだった大島《おおしま》さんが、高熱で寝込んでしまって。明後日の当日までに全快できるかわからないから、代役を立ててほしいと言われて……」

ほかの人は都合がつかなかったのだろう。頼み込むようにぺこぺことする彼に、とくに予定もないことから、私はふたつ返事でうなずく。

「そうだったんですね。わかりました、私でよければ参加させていただきます」

「ありがとうございます！　助かります！」

安心したように笑った主任につられて笑うと、彼はさっそく手にしていた書類を渡した。

「当日の流れなどはこちらの資料を読んでもらって……あっ、でもなにかあれば当日営業一課からは津ヶ谷さんも参加されるので、頼っていただければと！」

「えっ」

津ヶ谷さんもなの？

まったく知らなかった。驚きながら書類を見ると、たしかにそこに書かれた参加メンバーの中には『第二服飾事業部　津ヶ谷愁』の文字があった。

「いやぁ、でも津ヶ谷さんに桐島さんだなんて今年は豪華なメンツですねぇ。インテリア事業部からは乾《いぬい》さんも出るし……」

「乾さん？」

「ええ。あ、ちょうどあそこにいる茶髪のセミロングの女性です」

主任が視線で指す先にいるのは、隣のインテリア事業部の部屋からちょうど出てきたところの数名。

その中にひとり、茶色い髪を巻いた華奢な女性が見えた。

目鼻立ちのはっきりとした、綺麗な人だ。白いブラウスにロングカーディガンというシンプルな格好だけれど、それだけで華やかさがあってとても目立つ。

あんな人、隣の部署にいたんだ。普段まったく接点がないから気がつかなかった。

「お綺麗ですね……」

「でしょう？　彼女、ちょっと前に直営店から転勤してきたんですよ。あ、でも津ヶ谷さん的にはやっぱり気まずいかなー。大丈夫かな」

「え？」

津ヶ谷さん的には？

その言葉の意味がわからずたずねると、主任は声を潜めて、こそこそと言う。

「いや、実は一部の噂なんですけど。津ヶ谷さんと乾さんって、前に付き合ってたらしいんですよ」

え⁉

ということは……元カノ⁉

あんな美人が⁉

「津ヶ谷さんってよく直営店にも顔出すから、それが縁で付き合うことになったらしくて。周りにバレたら大騒ぎになるからって、隠してたみたいですけど、まぁ一部にはそういう話って回っちゃいますよね」

苦笑いで教えてくれた主任に、私は驚く感情をぐっとこらえてにこりと笑う。

「そうだったんですか。まさに美男美女、って感じですね」

「なに言ってるんです。桐島さんだってお綺麗じゃないですかー!」

「ふふ、お世辞でもうれしいです」

そして主任と会話を終えると、部屋に戻り自分のデスクに着いた。

見つめた手もとの資料には、参加メンバーのところに書かれた『乾しのぶ』という名前。

津ヶ谷さんの元カノ、か……。

王子と呼ばれるくらいの人だ、過去に彼女がいたっておかしくない。というか、いてあたり前だ。

だけど、そんな話聞いたことなかったし、私なにも知らないや。

……別に、関係ないけど。

そう思いながらも、胸の中にはもやもやとした気持ちばかりが広がる。

その夜。帰宅した私は、ほどなくして同じく帰宅した津ヶ谷さんとふたり、向かいてしまう。

合い夕飯を取っていた。

小西さんは今日は早々に帰り、居間にはふたりきり。思わずその顔をじっと見つめてしまう。

津ヶ谷さんが、あんな美人と付き合って……。うん、イメージできてしまう。おまけにお似合いだ。

思い浮かべるたび、胸になにかがチクリと刺さる。

そんな私の視線を感じ取ったのか、津ヶ谷さんは視線をこちらに向けることなく言う。

「なんだよ。おかずならやらねーぞ」

「別にいりませんよ！」

おかずが欲しくて見ていたわけじゃないんですけど。津ヶ谷さんに向けていた目を逸らし、おかずを口に運ぶ。

すると、彼は思い出したように言った。

「そういえば今日主任から聞いたぞ。お前、今度の展示会に大島さんの代わりに出るんだってな」

「あ、はい。そうなんです」

「新規契約確保の大事な展示会なんだから、涼宮のことばっかり考えてミスするなよ」

鼻で笑ってお味噌汁を飲む津ヶ谷さんに、バカにされた気がしてちょっとムッとしてしまう。

「……津ヶ谷さんこそ、元カノのことばっかり考えてミスしないといいですね」

ぼそっとつぶやいた私の言葉に、彼はお味噌汁をごくんと飲み込んだ。

「お前……誰から聞いた」

「主任からです。たまたま話の流れから、ですよ」

あまり知られたくなかったのか、バツが悪そうな顔でこちらを見る。

「あんな美人とお付き合いされていたなんて、さすが津ヶ谷王子ですねぇ」

「なんだよ、嫌みなんて言って。妬いてるのか？」

「なわけないです！」

なんで妬かなきゃいけないの！

ふん、と顔を背け、お茶碗の中身を空にする。

「心配しなくても復縁とかねーよ」

「わかりませんよ？　津ヶ谷さんにその気がなくても乾さんは……」

「ないない。俺、フラれた側だし」

しれっとした様子で言うその言葉に耳を疑う。

「つ、津ヶ谷さんが⁉　フラれたんですか⁉」

「うるさい。でかい声で言うな」

だって、そりゃあ驚いてしまう。津ヶ谷さんからフってというイメージがあっても、津ヶ谷さんがフラれるなんてイメージは湧かなかったから。

目を丸くした私に、津ヶ谷さんも食器を空にして重ねる。

「なんで、とか聞いてもいいですか……？」

「なんでって、そうだな。ありのままを見せたから、だろうな」

ありのままを？

「一年くらい付き合って、結構本気だったから。本当の自分を知ってほしくて、素で接した。そしたら、『嘘でしょ、無理、ありえない』『私は王子のあなたが好きだったのに』ってさ」

王子のあなたが……。

それは、残酷すぎるひと言だ。

「やっぱそうだよなってわかってたけど、言葉にされると結構刺さったな。で、結局それからうまくいかなくなって別れた。彩和と似たような話だな」

津ヶ谷さんはそう言って、乾いた笑いをこぼした。

恋人に素を見せて、拒まれた。

それは、過去の私と同じ傷。

自分自身をわかってもらえないつらさ。それに、相手が見ているのはしょせん都合のいい上っ面だけだと知ってしまった悲しさ。

それらがわかるからこそ、この胸がぎゅっと締めつけられる。

もう過去のこと、と笑う彼を目の前に、私が泣きそうになってしまう。

それをぐっとこらえるけれど、涙を我慢しているのは津ヶ谷さんの目から見てもあきらかだったのだろう。彼はギョッと驚く。

「な、なんだよ。泣きそうな顔して」

「だって、津ヶ谷さんの気持ちを思うと……」

「別に、彩和みたいに引きずってねーよ。大丈夫だって」

そんな私をなだめるように、彼は私の頭をなでた。

そして困ったように小さく笑う。

津ヶ谷さんは以前私が泣いたときに、『つらいよな』って、気持ちを理解してくれた。

それはきっと、彼自身も同じ気持ちを感じた経験があったからだったんだ。

どうして乾さんは、ギャップひとつだけで彼を拒んでしまったのだろう。

王子なんかじゃなくたって、こんなに優しい手をした人なのに。

なぜ、本当の彼を見ないのだろう。


それから二日後の展示会当日。

有明にある大きなホールには雑貨やインテリア、軽衣料など数十社のメーカーのブースが並び、大勢の人でにぎわいを見せていた。

その中の一角、キャニオンペリーと書かれた看板を掲げたブースに私や津ヶ谷さんの姿はあった。

「どうぞ、ごらんくださいませ」

通りかかる人へ、にこやかに声をかける。足を止めてくれる人がいればすかさず商品を勧めて、契約に取りつける。それが今日の私たちの役目だ。

それは津ヶ谷さんも同じで、彼が声をかけるたび、女性たちの「きゃー」という黄色いが聞こえてくる。

相変わらずモテモテだ……。

そんなことを思いながらチラ、と見た先には、同じブースでインテリアの営業をする乾さんの姿。

ぴったりめのストライプ柄のワンピースを着た彼女は、しっかりとした眉をしていて少し気が強そうに見える。けれど大きな口で笑って、愛嬌に変えてしまう。

近くで見てもやっぱり美人だ。

気にしないようにと思ってもやっぱり気になってしまい、つい視線を向けてしまう。

いけないいけない、仕事に集中しないと。

そう気を取り直し、通りかかる人へ声をかける。そんな中、とある男性の声が聞こえた。

「おっ、見ろよ。あそこの白いジャケットの女子」

声がした方向を横目で見ると、そこには隣のブースを見ているスーツ姿の男性が二名立っていた。

彼らの視線の先にいる、白いジャケットの女子とは私しかあてはまらない。

私？　なんだろ。

聞こえていないフリをしながら、つい耳を傾けてしまう。

「結構かわいいじゃん。つーか雰囲気エロい」

「あれでどんな営業してるんだかなぁ。接待とかされてみてー」

彼らから発せられるのはセクハラまがいの言葉。

そういう言われ方にも慣れているといえばいるけれど……やっぱり不快だ。

私に聞こえているということは、津ヶ谷さんや周りの人にも聞こえているだろうし。

嫌な気持ちを感じながら、手もとのタブレットで資料を見るフリをして、下を向く。

すると、突然津ヶ谷さんが歩きだした。

「津ヶ谷さん？」

驚きながら見ると、彼はスタスタと男性たちに近づき、目の前に立つ。

そしてニコッと口角を上げ、いつもの王子スマイルを見せた。

「いかがですか、当社のコーナーは」

「え？　いや、俺たちは……」

「またまた。熱心にこちら見てらっしゃったじゃないですか。そんなに見つめられたらこちらもがんばってご紹介しちゃいます」

戸惑い焦る男性たちに、津ヶ谷さんは明るい様子でその腕を掴み、半ば強引にこちらのブースへ連れてくると、あれこれと商品を勧めだす。

つ、津ヶ谷さん……すごいことを。

けれど、先ほどまで不快なことを言っていた男性たちが慌てる様子は、申し訳ないけれど少しおかしくて。ちょっと、すっきりした気がした。

そこまで考えてのことなのか、ただの営業成績のためなのかはわからないけれど。

それでも少し、うれしく思えた。


それから二時間ほどが経ち、午後一時を過ぎたあたりで私はお昼休憩に入った。

「ふぅ……さすがに足パンパン」

普段歩き回ることはあっても、一ヶ所に立ちっぱなしでいることはあまりない。おまけに今日も足もとは高めのヒールだ。当然足はむくみ、ふくらはぎはパンパンだ。

今日の夜はお風呂にゆっくりつかって、マッサージして、着圧ソックスを履いて寝よう……。

そんなことを考えながらトイレから出て、ごはんでも食べに行こうとドアに手をかける。

すると廊下から話し声が響いてきた。

「あー、やっと休憩。疲れた～」

覗いてみるとそれは乾さんと、同じくインテリア事業部の女の子だった。

ふたりはトイレの前の廊下で壁によりかかり、だるそうに話している。

乾さん、見た目のイメージとはちょっと違う話し方だ。

そう思っていると、女の子のほうが口を開く。

「ていうか、津ヶ谷王子本当かっこいい！　間近で見れて超幸せ〜！」

興奮気味に言う彼女に対し、乾さんはスマートフォンをいじりながら聞き流す。

あれが元カノの余裕なのか、それとももう津ヶ谷さんにはまったく興味がないということなのか。

「さっきの見た？　桐島さんのことかばってたじゃん。本当王子って感じ！」

先ほどの話は彼女たちにも聞こえていたらしい。思い出すように言いながら女の子ははしゃぐ。

「でもさ、さっきあのふたりが並んでるの見たけど、なかなかお似合いじゃない？付き合ってたりしたらショック〜」

って、まずい。変な噂が立ってしまう。

けどここで割り込むように入って『違います！』って否定するのも変だし……。

「ね、しのぶ。元カノ的にはどう思う？」

「えー？　それはないんじゃない？」

ところが、私より先に乾さんが否定をした。

「なんで？」

不思議そうにたずねる彼女に、乾さんはスマートフォンをバッグにしまいながらふっと笑う。

「だってさ、津ヶ谷の本性とか知ったら引くよ？」

「え？　本性？」

え……。

そういえば津ヶ谷さんが、乾さんには本当の自分を見せたって言っていた。

もしかして乾さん、津ヶ谷さんのことをバラす気……!?

「そ。王子とか言われてるけどさ、本当は津ヶ谷って……」

やめて、言わないで。王子の姿を守り抜いてきた彼の努力を、理解してもらえなくても責めることもしなかった彼の思いを、無碍《むげ》にしないで。

「い、乾さん！」

そんな思いから、つい廊下に飛び出し、彼女の声を遮る。すると当然私の登場にふたりは驚いた様子だ。

けれど乾さんはなにかを察したように言う。

「ちょっと桐島さんとふたりで話したいから先戻ってて」

「え？　うん、わかった……」

乾さんの言葉に、女の子は深く聞くことはせずにその場をあとにした。

周りに人けのない細い廊下に私と乾さんふたりだけが残されると、彼女は私を見つめた。

「なんで今口挟んだの？　あなた関係なくない？」

「関係、ないですけど……津ヶ谷さんの努力を、無駄にしないでほしくて」

乾さんは納得したようにうなずく。

「あー、桐島さん、津ヶ谷と付き合ってるんだ？」

「べつに、そうじゃないですけど……」

「ふーん？　まぁ、どっちでもいいけど。でも気をつけなよ？　津ヶ谷、二重人格じゃん。絶対ヤバいって」

乾さんは鼻で笑って言う。

『二重人格』、『ヤバい』、津ヶ谷さんをバカにするようなその言い方に、ムッと怒りがこみ上げる。

「気をつけることなんて、なにもないです」

「え？」

「たしかに、口は悪いし偉そうですけど、彼は優しい人です。あなたは、恋人だったのに津ヶ谷さんのなにを見ていたんですか？」

彼は相手の傷ついた心をわかろうとして触れてくれる。涙を拭ってくれる。そんな、本当の彼の優しさや誠実さを見ることもせずに、彼女は彼を否定するばかり。

その言葉に津ヶ谷さんが傷つき、苦しんだなら、私は彼女を許せない。

そんな腹立たしさをまっすぐぶつける私に、乾さんも腹を立て眉をつり上げる。

「は!? あなた何様なわけ？ 偉そうにしないでよ！」

そして、カッとなって手を振り上げると、私の顔めがけて思いきり振り下ろした。

叩かれる。そう覚悟して、ぎゅっと目をつぶる。

それと同時にパンッと肌が叩かれる音が響いた。けれど、痛みはいつまでも感じることはない。

あれ……。

驚き目を開けると、目の前にはグレーのスーツを着た大きな背中。

「え……？」

それは私をかばうようにして立つ津ヶ谷さんのもので、みるみるうちに赤くなる彼の左頬。彼が私をかばって乾さんに叩かれたのだということは、すぐにわかった。

「つ、津ヶ谷さん⁉」

「行くぞ、彩和」

突然の彼の登場に驚く私と乾さんをよそに、津ヶ谷さんは私の腕を引き歩きだした。

どうして、ここに？

しかもかばってくれて、頬も叩かれて、どうして。

混乱する頭で連れられるがまま歩いていく。

そして会場の裏口から外へ出ると、彼はようやく足を止めた。

「津ヶ谷さん……あっ、ちょっと待っててください」

すぐ近くに蛇口があるのを見つけると、私は小走りで駆け寄り、ハンカチを水で濡らす。

そしてすぐ彼のもとへ戻ると、先ほど叩かれ赤くなった左頬にそっとあてた。

「ごめんなさい、大丈夫ですか？」

「別にこれくらい大丈夫だ。そもそも、お前が謝ることじゃないだろ」

津ヶ谷さんはハンカチを受け取り、自分で頬にあてる。

「どうして、あそこに?」

「たまたまだよ。トイレ行こうとしたら言い争うような声が聞こえたから行ったら、お前と乾がいた」

するとと彼は、じろ、とあきれた目を向けた。

「つーかお前、乾相手に啖呵切ってなに考えてんだ」

「うっ……すみません」

「なに言われても俺ならあとでいくらでも自分でフォローできるんだから、好きに言わせておけばいいんだよ」

たしかに。私、余計なお世話だったかも。

でも、そうだとしても黙ってなんていられなかった。

「だって……腹立たしかったんです」

「え?」

「津ヶ谷さんの気持ちも、なにも知らないであんな言い方されるのが、私は嫌だったんです」

津ヶ谷さんの優しさも、あきらめたフリで悲しい顔をしていることも、なにも知らずに否定しないでほしかった。

黙って見過ごすなんて、できなかった。

「だから……」

なのに、結果として彼にけがをさせてしまった、乾さんにもわかってもらえたかなんてわからない。そんな悔しさから涙がこぼれた。

ぐす、と涙を拭っていると、津ヶ谷さんは「あー……」と困ったように髪をかく。

そして次の瞬間、そっと手を伸ばし、私の頭を抱き寄せた。

「泣くなよ。……どうしていいかわからなくて、困る」

わからないゆえのごまかしなのか、それとも慰めなのか。わからないけれど、頭をポンポンとなでてなだめてくれる、その大きな手に甘えるしかできない。

こぼれた涙がジャケットににじむ。

メイクが落ちて彼のスーツを汚してしまうかもしれない。離れなくちゃ。

そう思うのに、抱き寄せられたまま、離れることはできない。

彼がこんなにも、温かいこと。不器用だけど優しいこと。

なにも知らずに、否定しないでほしいよ。

そのまま泣き続けた私を、津ヶ谷さんはずっと抱きしめてくれていた。

私の服と同じ柔軟剤の香りに、心が穏やかになっていくのを感じた。

八　きらめく星よりも

偽物の夫婦として一日を過ごすたび、少しずつ、津ヶ谷さんを知っていく。

知れば知るほど、王子様でも王様でもない、繊細な優しさを持つ彼に惹かれていく。

渋々のんだ結婚話だったはずなのに。いつのまにかこんなにも、心の中を彼の存在が埋め尽くしてしまっていた。


「明日、どこか出かけるか」

「へ？」

それは、金曜日の朝のこと。

ふたりで朝食を食べていたところ、突然津ヶ谷さんが発した言葉に、私は箸でつまんだ焼き鮭のかけらをポロッとこぼした。

「い、今なんて……？」

「だから、明日どこか出かけるかって言ったんだ。お前、鮭こぼしてるぞ」

聞き返す私に、何度も言わせるなといった口調で再度繰り返されるその言葉に、私は再び耳を疑った。

あの津ヶ谷さんが、自ら私をデートに誘ってくれるなんて……⁉

ハッとして辺りを見回すけれど、小西さんは洗濯機を回しに脱衣所のほうへ行っており姿は見えない。

「どうしたんですか……今そんな話しても、小西さんいないからアピールになりませんよ？」

「別に、小西さんの目を気にしてとかじゃない」

そんな私の反応をかわいげないと言いたげにあきれた顔をする。

「たまには普通に遊びに行くのも悪くないだろ。なんだよ、行きたくないってことか？」

「えっ、行きます！　行きたいです！」

大きくうなずいた私に、津ヶ谷さんはふっと笑うと一足先に朝食を終えた。

小西さんの目を気にしてとかじゃなくて、普通に遊びに行くために誘ってくれた……。

それってつまり、デートってこと？

いや、あくまでも私と津ヶ谷さんは仮の夫婦。そのために親密度を上げようという作戦のひとつなのかもしれない。

でも、そうだとしてもうれしい。

明日なに着ようかな、なんて一瞬で浮かれてしまう自分がいる。


津ヶ谷さんがデートに誘ってくれるなんて意外だな。

少しずつだけど、彼との距離が近づいていると感じる。

それがこんなにもうれしく思えてしまうのはどうしてだろう。

その日の午後、足取りが浮かれそうになるのをぐっとこらえて、私はひとりでオフィスの廊下を歩く。

明日はなにを着ようかな。あ、以前津ヶ谷さんが買ってくれた靴を履いていこう。

そんなことを考えながら、休憩スペースの前を通り過ぎる。

「あー彼女欲しい」

「お前は高望みしすぎなんだよ。なぁ、津ヶ谷」

ところがそこから聞こえてきた『津ヶ谷』の名前に、思わず足を止めて引き返し、ドアが開いたままの室内をこっそりと覗く。

小さな休憩スペースの中には、津ヶ谷さんをはじめとした男性社員が四名ほど、コーヒーを片手に話し込んでいた。

にこにこと王子の顔で笑う津ヶ谷さんに、先輩たちはそれを偽りのものだと疑うことなく盛り上がっている。

「高望みなんてしてねーよ！　俺はスラッとしてて美人系で落ち着いてて……桐島みたいなタイプが好きなだけだ！」

「お前じゃ桐島にはつり合わないだろ」

あはは、と男性たちは盛り上がるけれど、一方で私はどんな顔をすればいいかわからないでいる。

「そう言っても、桐島いいじゃん。な、津ヶ谷もそう思うよな？」

「あぁ、かわいい人だよね。桐島さん」

津ヶ谷さん、笑顔で言っているけど『かわいい』なんて絶対思っていないな……。

彼のことを王子だと思い込んでいたときなら、多少は浮かれたかもしれない。けれど、彼の本性を知っている今、その心の中など読めてしまい、どこか冷めた気持ちでその話を聞きながら、もう行こう、と歩きだそうとする。

「そういえば津ヶ谷の好みのタイプってどんな感じ？」

けれど、その言葉に再び足は止まってしまう。

津ヶ谷さんのタイプ……聞きたいかも。そんな思いから耳を傾ける。

「そうだな……好みっていうか、好きになった人が好みのタイプかな」

こういう人、と断言しないあたりが彼らしい。

「あ、あと」と小声でなにかを付け足すけれど、聞こえない。

『あと』、なんだろう。気になるけれど前から歩いてきた社員と目が合い、立ち聞きしていたことがバレないように微笑みその場を離れた。

けど、好きになった人がタイプ、ということはつまり、乾さんのような人が好みということ?

はっきりとしていて、隠すことなく物を言う人。

私とは、真逆な人。そう思うと胸がチクリと痛んだ。

そうだよね。私は偽装のための妻役。

好きじゃなくても、好みですらなくても、抱きしめる。デートにだって誘うし、大切に見えるように扱ってくれる。

気持ちなんて、そこになくても。

翌日。よく晴れた土曜日の朝、私と津ヶ谷さんはふたり、彼の車で都内を走っていた。

窓の外の爽やかな青空の一方で、私の表情はズーンと沈んだままだけれど。

「おい、なんだよそのテンション」

「……なんでもないです。ほっといてください」

さすがになにかあったのかとたずねる津ヶ谷さんに、私はふんと拗ねたように顔を背ける。

いや、津ヶ谷さんはなにも悪くないんだけどさ……。

だけど昨日のあの話を聞いて以来、本当は津ヶ谷さんは乾さんを選びたかったんじゃないのかなとか思ってしまう。

私は偽装結婚の相手として都合がよかったから選ばれただけ。そう思うたび、胸が締めつけられて苦しい。

その時、赤信号で車が止まる。津ヶ谷さんがなにげなく私の足もとに目を向けた。

「お。今日この前買った靴履いてるんだな」

その視線の先には、白いスカートに合わせたラベンダーカラーのフラットパンプス。

まだ傷ひとつないそれは、迷った末にやはり履くことにした靴だ。

「似合ってるんだから普段から履けばいいのに」

「会社ではヒールって決めてるんです。……それに、もったいなくて、履けなくて」

自分で言って照れてしまい、それを隠すように無愛想な言い方になってしまう。

そんな私を見て、津ヶ谷さんは「ははっ」と笑う。

「もったいないって。子供かよ」

おかしそうに口を大きく開けて笑う。その表情にどちらが子供だかと思いながらも、かわいらしくて胸がときめく。

先ほどまでの拗ねたような気持ちも、こんなやりとりひとつで直ってしまうなんて。

単純な性格な自分がおかしくて、笑みがこぼれた。

四十分ほど走った先で津ヶ谷さんは車を止めた。

そこは横浜にあるショッピングモールで、車を降り建物内を歩いていく彼についていく。

「あの、どうしてここに?」

目的をたずねるけれど、津ヶ谷さんは答えてはくれない。

そして少し歩いた先で彼は足を止めた。

見ると目の前には、私の大好きなダンシングプリンスのアニメのパネルやグッズが一面に飾られたカフェ。そう、コラボレーションカフェだ。

都内をはじめ首都圏近郊でおこなわれているのは知っていたけれど、都内でもしも誰かに見つかっても大変だし、そもそもひとりで行くのもちょっとと思っていただけにうれしい。

けど、なぜ津ヶ谷さんがここに？

「な、なんでここに……⁉　はっ、もしや津ヶ谷さんもついにあの作品のよさを知って⁉」

「そんなわけあるか。普段だったら絶対来ない」

そんな即否定しなくても。

だけど、じゃあなおさらどうしてここに？

そう不思議に思い津ヶ谷さんを見ると、彼は照れくさそうに言う。

「けど、ここならお前が一番喜ぶかもって思ったんだよ」

私が、喜ぶから……。

そのために、わざわざ調べて連れてきてくれたの？

さらに津ヶ谷さんは予約も取っていてくれたらしく、スマートフォンを店員に見せるとスムーズに中に案内された。

「ここなら知ってる人と会うこともないだろうし、思いきりはしゃげるだろ」

津ヶ谷さんはそう言いながら、私に向けてメニューを広げた。

「ありがとう、ございます」

その思いがうれしくて、えへへと笑うと、彼はますます恥ずかしそうに視線をはずす。

「じゃあ私、『涼宮くんのラブマジックキュンキュンソーダ』で」

「よく恥ずかしげもなくそのメニューを口に出せるな」

大好きなキャラクターたちのコラボレーションのメニューや、グッズに囲まれて過ごせて、うれしい。

だけどそれ以上に、私を思ってくれた津ヶ谷さんの気持ちがうれしい。

運ばれてきたソーダをふたりで飲みながら、私は来場特典のポスターをまじまじと見る。

「でもまさか来られるとは思ってなかったので、うれしいです。都内じゃ誰に見られるかわからないし、そもそもひとりで行くの寂しくて」

「お前、趣味関係の友達とかいないのか？」

「ネット上にはいますよ。けど顔を合わせると結局外面つくって打ち解けられなくなっちゃうから、実際には会わないんです」

笑って答えた私に、津ヶ谷さんはグラスに口をつけて飲んだ。

キュンキュンソーダがまるでオシャレなお酒のように見える……。

「あっ、でも地元には学生時代から仲いい子がいて、その子は私の趣味も大学デビューも知ってるんです」

「へぇ。そういえばお前、地元新潟って言ってたな」

「はい。ちょっと田舎で不便ですけどいい所ですよ。実家の周りは田んぼと畑しかなくて、電車やバスも一時間一本で。でも景色はとっても綺麗で……」

地元ののどかな景色を思い出しながら話す私に、津ヶ谷さんは小さく笑って話を聞く。

って、私ひとりでしゃべりすぎかも。

「すみません。ひとりでペラペラと」

ハッとして話すのをやめると、彼は首を横に振る。

「いや？　思えば彩和の地元の話とか聞いたことなかったからな。もっと、いろいろ聞かせてほしい」

彼の言葉に、胸がドキ、と音をたてた。

優しい目でそんなふうに言われたら、また浮かれてしまう。

彼が、私を知りたいと思ってくれる。聞かせてほしいと言ってくれる。

それがとてもうれしくて、私はアニメのこともそっちのけで地元の思い出を語った。


カフェを出ると、私たちはショッピングモール内を歩いた。

建物の中はセールの呼び込みをする店員の声やＢＧＭ、たくさんの客の声で大にぎわいだ。

「あー、楽しかった！　グッズもたくさん買っちゃいました」

「それがまたあの部屋にまつられるかと思うと……」

「ちょっと、まつるって言い方やめてくださいよ」

袋いっぱいのグッズを手に、口を尖らせ反論すると、津ヶ谷さんはなにかに気づいたかのように前方へ視線を留める。

「あ、彩和」

そして、私の肩をぐいっと引っ張り抱き寄せた。

突然のことに「えっ」とつい声が漏れると、正面から小走りに来た人が私のすぐ横を駆け抜けていった。

ぶつからないように、よけさせてくれたんだ。

それ以上の意図はないとわかっていても、肩に触れる大きな手につい胸はときめいてしまう。

「すみません、ありがとうございます」

「しっかり前見ろ。危ないな」

そう言いながら、彼はすぐ肩から手を離す。

よけさせるために触れただけ。わかっていてもそのそっけなさに少しがっかりしてしまう。

ところが彼は、そのまま自然に私の手を取り歩きだした。

「津ヶ谷、さん？」

「混んでるから。はぐれても面倒だしな」

こちらを見ることなく言って、手を引く。

相変わらずの、そっけなく偉そうな言い方。だけど、気づいてしまった。津ヶ谷さんが顔を背けて言うときは、照れているとき。

照れくさい顔を見られたくないのだろう。そんな不器用な態度が、子供のようで少しかわいい。

手を包む長い指に、愛しさが止まらない。

「あれ、津ヶ谷?」

その時だった。聞き覚えのある男性の声が津ヶ谷さんの名前を呼んだ。

その声に視線を向けると、そこには会社の先輩社員がいた。昨日津ヶ谷さんと休憩スペースで話していた先輩のひとりだ。

げっ、どうしてここに⁉

慌てて顔を背ける私を、津ヶ谷さんも急いで背中に隠す。

「どうしたんだ? こんな所で」

「ちょ、ちょっと買い物に。先輩こそどうしたんですか?」

「彼女と映画見に来たんだよ。見たかったのがここでしかやってなくてさ」

先輩と話しながら、津ヶ谷さんは『隠れてろ』というように手を背後で動かす。

それに従い、私は人混みに紛れながら近くの物陰に身を潜めた。

焦った……まさかここで先輩と会うなんて。

幸いこの人混みのおかげか先輩には気づかれていないみたいだ。まぁ、津ヶ谷さんが私と歩いているとは思わないよね。

そう思いながらこそっと様子をうかがうと、先輩の横にいるギャルっぽい少し派手目の彼女は津ヶ谷さんを見て声をあげる。

「えっ、ちょっとこのイケメン誰⁉ 知り合い⁉」

「会社の後輩だよ。ほら、さっき話したじゃん」

なにか津ヶ谷さんのことを話していたんだ。イケメンの後輩がいるとかかな。

そう考えていると、彼女は思い出したようにうなずいた。

「あぁ！ 『好きな女の子のタイプが〝玉子焼きが甘い人〟』のイケメン！ 超かわいい〜って話してたんだよねー！」

彼女が大きな声で言うと、津ヶ谷さんは「んなっ」と聞いたことのないような声をあげて固まった。

それは、昨日のあの会話で私が聞けなかった『あと……』の続き。

「おっと、もう映画の時間近いんだった。じゃあ、また月曜な」

先輩はそう言うと、彼女とともにその場をあとにした。

ふたりの姿が完全に見えなくなったのを確認して、私はそーっと津ヶ谷さんのもとへ戻る。

好みのタイプは、玉子焼きが甘い人。

そんな津ヶ谷さんらしくない言葉は冗談のつもりで言ったのかもしれない、けれど。

覗き込んだ先の彼は、耳まで真っ赤に染めるから。少しは本気で思ってくれていたのかな、なんて思ってしまう。

「もしかして、私のお弁当結構気に入ってくれてたりします?」

「……うるさい」

そう言って、また私の手を引いて歩きだす津ヶ谷さんの手は熱い。その熱がうれしくて笑ってしまった。


お店をひと通り見て回った後、津ヶ谷さんとともにやって来たのは、ショッピングモールの敷地内に併設された小さなドーム型の建物。

看板に掲示された星の写真から、これがプラネタリウムだと察した。

「プラネタリウムですか?」

「あぁ。たまにはいいだろ」

たしかに。プラネタリウムなんて子供の時に行って以来、来たことがない。

二度目のデートで互いの好みが出る映画などではなくプラネタリウムを選ぶところが、津ヶ谷さんの配慮を感じた。

中に入ると、上映前のやや薄暗い中、前方の座席に通された。

そこはふたり分の座席がつながったペアシートだ。

ぺ、ペアシート……。

ということは、一緒に座るということだよね。

一気に緊張して固まる私の一方で、津ヶ谷さんは気にせず席に着く。

意識するな、気にするな私。

そう自分に言い聞かせ席に着くとまだなにも映し出されていない天井を見上げた。

ちら、と横目で隣を見ると津ヶ谷さんもなにげなく天井を見つめている。

高い鼻とすっきりとしたフェイスライン、小さめの唇……その横顔は一つひとつが整っていて綺麗だ。

最初は、王子のフリをしている彼をただの見た目がいいだけの男って思ってた。

だけど、今この心が彼に抱く気持ちは違う。

見た目だけなんかじゃない。

本当は優しくて、努力家で、私を見ようとしてくれている。向き合い、受け入れてくれる。

そんなあなたの心を、もっと知りたいと思う。

「あの、どうして私を偽装夫婦の相手に選んだんですか？」

ぼそ、とつぶやくようにたずねた私に、津ヶ谷さんは不思議そうにこちらに目を向けた。

「どうしたんだ、いきなり」

「えっ、いや、なんとなく。気になって」

たしかにちょっと唐突だったかも。

浮かんだ疑問を率直に言葉に表した自分に、もっと自然に会話を運べなかったのかと後悔した。

けれど、津ヶ谷さんは少し考えてすんなりと答えてくれた。

「そりゃあ、脅すネタもあってちょうどよかったから」

って、そうですよね……。

都合がよかったから、それ以上の理由などないとわかっていてもはっきり言われて乾いた笑みがこぼれた。

「それに、なんとなく気づいてた」

「えっ、私がオタクだってことにですか!?」

「そっちじゃなくて。外面のほうだ」

え?

普段の私が外面だってことに、気がついていた？

なんとなくでも、まさか気づかれていたとは思わず、驚きを隠せない。

「笑顔で柔らかく話すけど周りと距離保って、踏み込ませない。時折垣間見えるどこか寂しい表情が、自分の寂しさと似てると思った」

似て、いる。

誰にも本当の自分を見せられない寂しさや、とりあえず貼りつけた笑顔が。

たしかに一見似ているかもしれない。だけど、きっと私と彼は違う。

小さな声で否定すると、津ヶ谷さんは意味を問うようにこちらを見た。

「……似て、ないです」

「津ヶ谷さんは、お母さんをはじめ周りの期待を裏切らないために王子でいる。けど私は……本当の自分を見せて嫌われたくないだけ」

幼い頃はご両親の、今は会社の人々の期待に応えるために本当の自分を隠す彼。

その一方で、嫌われたくない、否定されたくない気持ちだけで本当の自分を隠す私。

そんな私と津ヶ谷さんは、似ているようで真逆だ。

「自分のことしか考えてない、かっこ悪い私と津ヶ谷さんは、似ても似つかないです」

つぶやいた私に津ヶ谷さんは、右手でそっと私の頬に触れる。

不意に触れられ彼を見ると、その目はこちらをまっすぐ見つめていた。

「かっこ悪くなんてないだろ」

「え……？」

「自分を守るためでも、そうありたいと描いた姿に近づこうと努力する彩和は、かっこいいよ」

かっこ悪くなんて、ない。

こんな私のことも、こうしてまた認めてくれる。受け入れ、向き合ってくれる。

そのたったひと言で心には温かさがこみ上げた。

「ありがとうございます……」

うれしさを隠すことなく微笑むと、津ヶ谷さんもつられるように笑う。

そしてゆっくりと距離を詰めると、次の瞬間。私の唇にそっとキスをした。

小さく触れて、一度離れて、再びしっかりと口づける。そのキスは、以前のようなからかいに似たキスとはまるで違う。

愛情があるんじゃないかと、自惚れてしまうようなキス。

長いキスの後、惜しむように唇を離す。

そんな私たちに、うっすらと点っていた明かりは落とされ、少しして上映が始まった。

近い距離に、彼と肩が触れる。暗い中で彼の手は私の手をそっと握り、胸がまた音をたてる。

頭上に広がる輝く星を見つめながら気づいた。

私、好きなんだ。津ヶ谷さんの、こと。

同じように外面を繕う苦労を知っているから？　ううん、違う。

きっと、そうじゃなくても好きになっていた。

不器用だけど優しい、彼のこと。

自覚するといっそうドキドキして、周囲の音は耳に届かず、夢を見ているようだ。

星のきらめきと彼への愛しさ。それだけが、この胸に焼きつく。

九　私たちの秘密

プラネタリウムで星を見ながら、自覚した気持ち。

それは、彼のことが好きだということ。

月曜の朝、ピピピ……とアラームの音が鳴る。それを止めると、もぞもぞと体を起こした。

「全然眠れなかった……」

いつもなら眠くてなかなか起きられない。けれど、今日はすんなりと起きられてしまう。

というのも、そもそもそんなに深く眠れなかったせいだ。

津ヶ谷さんのことを好きだと自覚して二日。以来、彼を意識してしまってそわそわと落ち着かない。

土曜日も、プラネタリウムの後は恥ずかしくてまともに顔が見られなかった。

だってあんなキスをされたら、そりゃあ恥ずかしくもなってしまう。

起きてお弁当作ろう……。

しっかりしなければ、とやって来た洗面所で顔を洗う。

冷たい水でザブザブと顔を洗うと少し頭がすっきりした。そして顔を上げると、鏡には背後に立つ津ヶ谷さんが映っていた。

「わ⁉」

驚き声をあげると、寝起きのままの珍しく髪に寝癖がついた津ヶ谷さんはあくびをひとつこぼす。

「お、おはようございます……早いですね」

「あぁ。目が覚めた」

突然現れた津ヶ谷さんに、一瞬落ち着きかけた胸はまたドキドキとうるさくなる。

目を合わせることもできずタオルで顔を拭いながら隠すと、そんな私のぎこちない動きに違和感を覚えたのか、津ヶ谷さんは不思議そうに私の顔を覗き込んだ。

「どうした？　お前、今日なんかおかしいぞ」

不意打ちで近づいたその顔に、心臓が跳ねると同時に頬が熱くなるのを感じる。

「あれ、顔赤いな。熱でもあるのか？」

すると津ヶ谷さんは、そう言いながら自分の額と私の額をコツンと合わせる。

額と鼻先が触れる近い距離に、さらに恥ずかしくなってしまい、余計顔が熱くなる。

その熱を知られたくなくて、私は急いで彼から離れる。

「だ、大丈夫です！　私これからお弁当作るんで！　津ヶ谷さんは時間までゆっくりしててください！」

そしてそう言って、逃げるように洗面所を飛び出した。

あぁもう、あんなふうに簡単に触れてみせるからドキドキが止まらなくなる。

けど津ヶ谷さんはさすが、いたって普通だ。キスくらいなんてことないのだろうか。

こんな感じでこれからの生活大丈夫なんだろうか……。

あれ、でもちょっと待って。

好きだと自覚したはいいけれど、私はこれからどうすればいいんだろう。

告白して、もし津ヶ谷さんがうなずいてくれたら本物の夫婦になれる。

だけど、もしダメだったら。

本物の夫婦になるつもりなどないとしたら。

津ヶ谷さんはきっと、相手の気持ちに応えられないのに縛りつけておくようなひどい人じゃない。

優しい人だから、おそらくこの偽装夫婦という形を解消するだろう。

そしたらもう私たちは、夫婦ではなくなる。

本当の私と本当の彼をつなぐものが、なくなってしまう。

……そんなの、やだ。

先ほどまで浮かれていた胸に、途端に不安がこみ上げた。

そんな不安で胸の中は曇り、津ヶ谷さんと肩を並べて家を出る気にはなれず、私は彼から少し遅れて家を出た。

ますます津ヶ谷さんの前でどんな顔をしたらいいかがわからない……。

ぐるぐると頭をめぐらせながら出社をすると、オフィスはなにやらざわついていた。

ん？　どうかしたのかな。

不思議には思うけれど、自分のイメージを守るために同僚たちに『なになに？』とたずねることができなくて、デスクに着き始業の準備をしながら周囲の声に聞き耳を立てた。

「聞いた？　津ヶ谷さん、この前女と歩いてたらしいよ」

すると、女性社員たちの会話から聞こえてきたのは津ヶ谷さんに関する噂だった。

「なんか土曜に先輩が横浜で会ったらしくて。『あんな所にひとりでいるわけない、絶対彼女とデートしてたはずだ』ってさ」

「えー！　やだ、ショック！」

まずい、噂が！

それは、この前の土曜日のことだろう。

あの時は先輩はなにも突っ込んでこなかったけど、やっぱり怪しんでいたんだ……！

もしほかの誰かにも見られていたら、しかもそれが私だったとバレたら。考えただけで冷や汗が噴き出す。

一方では部屋の隅に固まった女子たちが、据わった目つきでぼそぼそと話している。

「津ヶ谷さんの彼女とかありえない……社内の人だったらシメる……」

微かに聞こえてきたのは恨みのこもった言葉だ。

こ、怖すぎる……！

まずい。バレたらいろんな意味でまずい。

とりあえず誰にもそのことについて問われないように、始業時刻ギリギリまで資料室に逃げていよう。そう、引きつった笑みで部屋を出た。

すると、廊下に出た瞬間に目の前に現れたのは乾さんだった。

「わっ」

ぶつかりそうになったところを寸前で留まり、お互い驚いた声をあげる。

「す、すみません」

「こちらこそ。悪かったわね」

今日はブルーのブラウスに黒のタイトスカートですっきりと決めた乾さんは、アイラインをしっかりと引いたキツめの目で私の顔をまじまじと見る。

「ねぇ、ちょっと来て」

「へ？　あっ」

そして私の腕を半ば強引に引っ張り歩きだす。

連れられるがまま、私は乾さんと近くの会議室へ入った。

朝一番の会議室は誰も使っておらず、ブラインドも下げられ薄暗い。

オフィスのにぎやかさから一転、しんと静まり返ったその部屋で乾さんは私を見据えた。

「あの、なにかご用ですか？」

乾さんが私をひとり連れ出す理由が見つからず問いかける。

「噂になってる津ヶ谷の彼女って、あなた？」

「へ⁉」

乾さんから投げかけられた問いは、思わぬものだった。

私は彼女ではない。けれど、先日津ヶ谷さんと歩いていたのは私だ。

仮の夫婦という秘密もあり、心臓が嫌な音をたてた。けれどここで知られてはいけない、その一心で慌てて否定する。

「ちっ違いますよ！　全然！　私と津ヶ谷さんはただの同じ部署ってだけでそれ以外はまったく関係なくて！」

「へぇ」

うなずくけれど、怪しむその表情から彼女が信じていないのはあきらかだ。

ところが乾さんは、ふっと笑ってみせる。

「ま、ならいいけど。それならそのほうがこっちも好都合だわ」

「え？　それってどういう意味ですか？」

「私、津ヶ谷ともう一度やり直したいと思ってるの」

発せられたひと言は、さらに思わぬものだった。

津ヶ谷さんと、やり直したい？

「悔しいけど、この前のあなたの言葉で目が覚めたわ。どんな彼でも彼には変わりないもの。ちゃんと、向き合いたいと思った」

乾さんのその目は、冗談などではなく本気のものだ。

乾さんが、津ヶ谷さんと向き合う。それは、彼さえうなずけばふたりはまた恋人同士に戻るということ。

そんなのやだ。

思わず出かけた言葉をぐっとのみ込む。

「……そう、ですか」

代わりに、そうつぶやくだけで精いっぱいだった。

やめて。津ヶ谷さんと結婚しているの。彼の妻は私なの。

なんて、いくら胸の中で叫んでも声には出せない。だって、しょせん私と彼の関係は偽りでしかない。偽りの妻という立場の私には、なにも言う資格なんてない。

そんな自分が虚しく、悲しくて、泣き出してしまいそうになる。

「すみません、もう仕事の時間なので」

それをこらえ、精いっぱいの愛想笑いで会議室をあとにした。

もしも、津ヶ谷さんが乾さんの気持ちにうなずいたらどうなるんだろう。

そしたらもう、私の役は不要だよね。もともと好きだった彼女と復縁できるのだから。

彼女が本物の恋人になるなら、もう嘘をつく必要なんてない。

津ヶ谷さんの奥さんは、乾さんになる。

彼の隣には彼女が並ぶ。

彼が本当の自分を見せるのも、笑うのも、気を緩ませるのも、彼女だけ。

……やだ。

そんなの、嫌だ。

想像するたび胸がチクチクと痛む。

いっそ、思いを吐き出してしまえば。もしかしたら、受け入れてもらえるかもしれない。

本当の夫婦に、なれるかもしれない。

都合のいい、淡い期待を抱いてしまう。


「彩和?」

名前を呼ぶ津ヶ谷さんの声に、ふと我に返る。

時計は夜十時を指しており、つけっぱなしのテレビのにぎやかな音が響いていた。

今日一日、ほとんどボーッとしていた……。

いつのまにか仕事を終えて帰宅して、夕飯まで終えていたらしい。けれどいまいち記憶がない。

見ると、ちょうど帰ってきたところらしい津ヶ谷さんは、ネクタイを緩めながら辺りを見回す。

「小西さんは？」

「え？　あっ、そういえばさっき帰るって言ってた気が……」

「『気が』ってなんだよ。またボーッとして、どうした？　どこか悪いのか？」

朝のこともあってか、しきりに体調を気にかけてくれる津ヶ谷さんは、私の額に触れようとそっと手を伸ばす。

けれど私はそれをかわすと、立ち上がり台所へと駆けた。

「すみません、なんでもないです。大丈夫ですから」

「それならいいけど」

「ごはん温めちゃいますね」

台所に行ってラップがかけられた器を手に取り、レンジへと入れる。

そんな私を横目で見ながら、彼はスマートフォンをテーブルに置いて部屋に向かう。

ほどなくしてピーと鳴ったレンジからテーブルへおかずを運ぶと、そこに置かれたままのスマートフォンがヴーと震えた。

つい目を向けると、そこには【新着メッセージ】の文字。それと【乾しのぶ：明日の待ち合わせだけど……】と送信者である乾さんの名前と、本文が見えてしまった。

乾さんからの、メッセージ……。明日の待ち合わせということは、明日乾さんと会うということ？

「コラ。なに人のスマホまじまじと見てるんだよ」

それをついじっと見ていると、いつのまにか戻っていたらしい津ヶ谷さんに頭をコツンと小突かれた。

「すみません。鳴ったからなにかと思って……ちょっと見えちゃって」

「ま、別にやましいこともないからいいけど」

勝手に覗き見ていた私をとがめることもなく、私服であるTシャツに着替えた津ヶ谷さんは自分の席に腰を下ろした。

気になるのは、やはり先ほどの乾さんからのメッセージについてだ。

「明日、乾さんと会うんですか？」

「あぁ。なんか話があるって言うから」

本当にとくにやましいことなどないのだろう。彼は平然とうなずく。

やっぱり。乾さんと……。

ということは、乾さんは明日津ヶ谷さんに気持ちを伝えるのかな。

やり直したいって、向き合いたいって、彼女からそう言われたら津ヶ谷さんはどうするのだろう。

うなずいてしまうのかな。

私との関係なんて終わらせてしまうのかな。

……でも、もしかしたら。

不安の一方で、断ってこちらを向いてくれるかもしれない。そんな私に都合のいい結果が待っているかも、なんて一抹の期待が浮かんだ。

だって、仮の妻だとしてもふたりで過ごした時間は嘘じゃないから。

彼の優しさは本物だと信じたいから。

意を決して、息をひとつ吸い込んで声を発する。

「……聞いても、いいですか」

津ヶ谷さんの隣に膝をついて、言う。

それまでと違う私の真剣な声色から、津ヶ谷さんは不思議そうに私に目を向けた。

「もし私が津ヶ谷さんと本当の夫婦になりたいって言ったら、どうしますか？」

本物の夫婦に。なんて、こんなの彼を『好き』と言っているようなものだ。

本物になりたい。

条件で選ばれるのではなく、その心に選ばれたい。

脅されてともにいるのではなく、気持ちがあるからともにいたい。

そんな真剣な思いで問いかけると、少しの無言の後津ヶ谷さんは口を開いた。

「そうだな。……だとしたら、この関係から解放してやる」

関係からの解放。そのひと言に、絶望に突き落とされるような気がした。

私の気持ちが本物だとしたら、この関係から解放する？　それはつまり、応えられないから？

仮の夫婦の時間は終わる。こんなにも、あっさりとした言葉で。

「そう、ですか」

愕然とする気持ちを抑え、声が震えないように言う。

「ごめんなさい、変なこと聞いたりして。あ、今ごはんよそいますね」

そして立ち上がると、逃げるように台所へと向かう。

「おい、彩和？　お前……」

背後の居間からかけられた津ヶ谷さんの声を無視して、私はごはんをよそい彼のもとへ置いた。

「私、お風呂入って自分の部屋に行きますね。今日はアニメの日なので邪魔しないでくださいね」

そう笑ってごはんの用意を終えると、私は足早に居間を出て脱衣所へ入る。

ドアを閉めると足からは力が抜けて、その場にぺたんと座り込んだ。

泣くな、泣くな。

だって、泣く理由なんてない。最初からわかっていたことだ。私と彼の関係は、あくまで嘘。

私が選ばれたのは、彼にとって都合がよかったから。それだけで、それ以上はない。

彼の気持ちひとつで簡単に切れる関係だ。

私ひとりが、勝手に期待していただけ。

泣きたい気持ちを必死に抑え、涙をぐっとこらえる。鼻の奥のツンとした痛みが、胸の痛みを表すようで余計泣きたくなった。


「あらあら、彩和さん！　どうされたんですか！　すごいクマ！」

まともに一睡もできずに迎えた翌朝。

今日はお弁当を作る気にもなれなくて、いつもより遅くに自室から出ると、すでに台所にいた小西さんが顔を見て声をあげた。

「そんなにすごいですかね……」

「ええ。目の下にくっきり出ちゃってますよ」

自分の目の下を指す小西さんに、そんなに目立つかなと居間にあった鏡で確認をする。見るとたしかに、目の下にはくっきりとクマができていた。

たしかにひどい顔。メイクでどこまでごまかせるかな。

そんなことを考えていると、ふと、いつもはこの時間には居間にいる彼の姿が見えないことに気がついた。

「あれ、津ヶ谷さんは」

「ついさっき行かれましたよ。なんでも朝イチで用があるとかで」

乾さんとの待ち合わせかな。

仕事中にそんな話をする暇なんてないし、昼休みも仕事終わりも、外回りの多い津ヶ谷さんとは予定を合わせづらい。

そう思うとやはり朝が一番都合がいいのだと思う。

……私には、関係ないけど。

そんなあきらめだけが胸に浮かぶ。

身支度を終え、私もいつもより少し早く家を出た。

気持ちもすっきりしないし、早くから仕事して気持ちを紛らわせよう。

この胸のつらさをごまかせるものが欲しい。そんな思いから、会社へ向かう途中も早足になる。

そしてやって来た会社は、まだあまり人がおらず建物自体が静かだ。

人の少ない社内、新鮮だな。

フロアの一番奥の部屋に向かい、廊下を歩くとコツコツとヒールの音が響く。

その音に耳を傾けていると、どこからか人の声が微かに聞こえた。

そこにはガラス張りのミーティングルームがあり、目を向けると、その部屋の端には津ヶ谷さんと乾さんがいた。

こんな所で話していたんだ。

たしかに、ここは営業一課の人くらいしか来ないからあまり目につかないかもしれない。それにたまたま見かけたなにも知らない人なら、仕事の話をしているようにしか思わないだろう。

どんな話をしているのかな。

関係ない、そう繰り返しながらも、知りたい。

そんなことを思いながら、それでも目を逸らそうとした、その時だった。

視界の端で、ふたりの影が重なり合うのが目に入ってくる。

再び目を向けると、乾さんは津ヶ谷さんを抱きしめていた。

それはまるで、思いが通じた喜びを表すかのような抱擁だった。

その光景ひとつで、胸の中のなにかがガラガラと音をたてて崩れるのを感じた。

呆然と見ていると、不意にこちらを見た津ヶ谷さんと目が合う。

咄嗟に逃げ出すと、その後すぐミーティングルームのドアが開く音がした。

「彩和！　待て！」

名前を呼ぶ津ヶ谷さんの声から、逃げるようにフロアを駆ける。

嫌だ、こんなぐちゃぐちゃな気持ちに触れられたくない。見られたくない。

そんな一心で上のフロアへ逃げる。けれど高いヒールの足もとはそんなにスピードなど出ず、階段を上りきったところで彼に腕を掴まれた。

「待てって」

強い力に引き留められ、足を止める。

胸はこんなに苦しいのに、彼との距離にまた胸はときめいてしまうから、憎い。

けれどその感情に必死に蓋をして抑えた。

「……もう、いいですよね。夫婦のフリはおしまいです」

冷静を装い言うと、腕を掴む手に力が込められた。

「待てよ、話聞けって」

「聞くような話なんてないです。乾さんがいるなら、私なんてもう必要ないじゃないですか」

冷静でいたいのに、感情的な言葉が口をついて出る。

「私だって、弱味を握られてたから結婚を選んだだけ。私たちは紙切れ一枚でつながっただけの他人ですから」

自分で発した言葉に、胸がひどく痛んだ。

私を掴んでいる彼の手が一瞬緩むのを感じて、私はその手を振り払う。

「大丈夫です。家もすぐ出ていきますし、津ヶ谷さんのこともバラしません。だから、私のことも黙っててくださいね」

「彩和、お前……」

津ヶ谷さんが私の肩を掴み、振り向かせる。

瞬間、これ以上我慢ができず目からはボロボロと大粒の涙がこぼれた。

そんな私に津ヶ谷さんは言葉を失う。

もう、ダメだ。

これ以上隠せない。

好きなのに、本物になれないつらさが大きくてつらい。

それ以上なにかを問われることが怖くて、私は津ヶ谷さんを突き飛ばしその場を逃げ出した。

私たちの秘密の、終わりだ。

十　懇願

不器用で優しい彼が好き。

王子の顔も、王様の顔も、すべてひっくるめて愛しいと思う。

いつのまにかこんなにも惹かれていたのに、本物にはなれなかったから。

夢から醒めて、忘れるしかないってわかっているのに。忘れられない。


ふと目を覚ますと、目の前には白い天井が広がっていた。

ここは私がもともと住んでいたマンションだ。

津ヶ谷さんの家に行く際に荷物は全部移動したけれど、契約期間自体はまだまだ残っていたから別荘にでもすればいいと津ヶ谷さんがそのまま残してくれていたのだ。

津ヶ谷さんの家を出た私は、このマンションに戻ってきた。あれから一週間。

部屋の荷物はすべては運び終えていないけれど、服やタオルなど必要なものだけは持ってきた。布団や生活用品は買い直し、ここでの生活を再スタートさせたのだ。

自分の家だったはずなのに、なんだか落ち着かないな。

ひとりきりの家も、小西さんのごはんがないのも、少し寂しい。

……小西さん、驚いていたな。

あの日、私は帰宅後小西さんに謝りすべてを話した。

『ごめんなさい、私ずっと嘘ついてました』

津ヶ谷さんとは偽装結婚だったこと。

もうその必要がないから出ていくということ。

小西さんはただただ驚きながらも、正直に話して謝り続ける私の頭を上げさせた。

『そんな謝らないでください。おふたりにもいろいろとご事情があったんでしょう。寂しいですけど、彩和さんと過ごせて楽しかったです』

そんな優しい言葉をかけてくれた小西さんに、余計胸が痛くなった。

けれど、津ヶ谷さんとの関係を続けることはできないから。深く頭を下げて、最低限の荷物をまとめて家を出た。

買ってもらった靴も、小西さんに『捨ててほしい』と託してきてしまった。

自分で捨てる勇気も、なかったから。

津ヶ谷さんとは、あれ以来顔も合わせていない。

というのもお互い外回りですれ違うことが多く、さらには急な出張も入ってしまい津ヶ谷さんは先週から昨日まで名古屋にいたからだ。

思えば津ヶ谷さんと連絡先は交換していなかったから、電話の一本もない。

まぁ、交換していたところで電話なんてなかっただろう。

だって、もうする意味がないから。

そう思うとまた苦しくて、私は深く呼吸をすると、頬をパンッと両手で叩く。

「……よし」

今日も、仮面をかぶろう。

完璧な自分、津ヶ谷さんと縁なんてない自分。好きの気持ちなんてない、自分。

誰にもバレてしまわないように。


「桐島さん、おはよう」

「おはようございます」

出社すると、いつも通りのオフィスの光景がある。津ヶ谷さんの彼女の噂も日に日に沈静化し、一週間も経てば静かなものだ。

今日は朝から池袋の取引先に行って、その足で八王子だ。夜はたしか部長主導の飲み会の約束があったっけ。

でも気が乗らない。なにか理由つけて断っちゃおうかなぁ……。

そんなことを考えながらデスクに着き、パソコンを開いていると、背後からは女性社員たちのひそひそ話が聞こえてきた。

「ねぇ聞いた？　津ヶ谷さんの彼女の話」

まったく聞こえていないフリでパソコンを見ているけれど、『津ヶ谷さん』の名前に思わず聞き耳を立ててしまう。

「あれ、乾さんのことだったらしいよ」

「そうなの？　あ、でもあのふたり一時期噂もあったよね」

「うん。乾さんくらいの美人なら嫉妬する気にもなれないわー」

津ヶ谷さんの彼女は、乾さん。その噂はすっかり回ってしまっているらしい。

誰かわからなかった時点ではキーキーと騒いでいた女性社員たちも、相手が美人で仕事もできる乾さんとなると納得してしまうらしく、それ以上表立って騒ぐことはなくなった。

やっぱり、津ヶ谷さんは乾さんとよりを戻したのかな。

好きだった元恋人が本当の自分を受け入れてくれた。やり直さないわけがない、よね。

無意識にため息がひとつ出てしまったことに気づいて、気を取り直し仕事モードに頭を切り替える。

気にしない、気にしない。

私には涼宮くんだっているんだし。

そう、これまでそうやって好きなことだけを考えて、普段のつらいことも乗り越えてきたじゃない。

私には涼宮くんがいればいい。それだけで胸がときめいて幸せになれるんだから。

そう言い聞かせるかのように、スマートフォンのフォルダ内の涼宮くんの画像をこっそりと見る。

……なのに。

今、この胸がこんなにもときめかないのは、どうしてだろう。

こみ上げるのは、悲しさと虚しさばかり。

そんな感情をこらえて荷物をまとめ、営業へ向かおうとオフィスを出る。

そしてエレベーターで一階に下りエントランスを抜けようとした、その時だった。

「あら、彩和さん」

ちょうど目の前に現れたのは、ショートカットに真っ赤な口紅の女性……そう、津ヶ谷さんのお母さんだ。

つ、津ヶ谷さんのお母様!? なぜ!?

「ど、どうしてこちらに!?」

驚きを隠せずつい思いきり反応してしまう。

「どうしてって、私が誰だか忘れたのかしら」

「え? あっ」

言われてから思い出すのは、そういえば津ヶ谷さんのお母さんは、親会社の社長だ。子会社であるここに現れてもおかしくはない。

私の納得を察したように、津ヶ谷さんのお母さんはふっと笑う。

「こちらに用があってね。あとついでに、あなたにも話があって」

「私に、ですか?」

話していると、近くを通り過ぎていく人々が私たちを見ていく。

その視線を感じて津ヶ谷さんのお母さんは、自然にエントランスの端に移動する。

「離婚するんですって? 小西さんから聞いたわよ。そもそも付き合ってなかった、偽装結婚だったってことも」

うっ。小西さん、そこまで話してしまったんだ……。

「私を騙すなんていい度胸ね」

「すみません……！」

じろ、とこちらを見るその鋭い目に、気まずくて目を背けた。

あぁ。知られてしまった。

親会社の社長相手にあんな嘘をついて、どんな処分をされるかわからない。

減給、左遷、クビ……嫌な想像を思い浮かべて背中に冷や汗をかいた。

けれど、津ヶ谷さんのお母さんはそんな私を見て困ったように笑った。

「冗談よ。ごめんなさいね、愁の事情に付き合わされて」

「え？」

「……わかってるの。私の育て方のせいで、あの子があんなふうに感情を隠す子になったって」

そうつぶやく瞳は、先日のような自信に満ちたものとは違う。悲しげな笑みだ。

「本音を隠して誰にも心を開かない子だったから、そんなあの子を理解してくれる存在がいれば違うだろうと思って、結婚を急かしていたの」

「そう、だったんですか……」

「まぁ、その結果付き合ってもない子を結婚相手に仕立てるような息子だとは思わなかったけどね」

そう言って、あきれたように笑う。

そっか。津ヶ谷さんのお母さんが彼に結婚を急かしたのはそういうことだったんだ。津ヶ谷さんのお母さんは、本当の彼の姿を知らなくとも、自分に見せる顔が本物じゃないことだけはわかっているのだろう。

どこか溝があるふたりにも、本当はお互い近づきたいという思いがあるのかもしれない、と思った。

「離婚だろうとなんだろうと勝手にすればいいわ。でもひとつだけ言わせて」

その言葉とともに、津ヶ谷さんのお母さんはまっすぐにこちらを見つめた。

「あなたや愁がどう思うかはわからないけど、お互いの長所を認め合うあなたたちは私には本物の夫婦に見えたわ」

本物の、夫婦に……。

『意外に思うところもたくさんありますけど……でも私は、愁さんだから惹かれたんです』

あの時私が口にしたのは、嘘のない率直な思いだった。それを津ヶ谷さんのお母さんはくみ取ってくれた。私たちを〝本物の夫婦〟として見てくれていたんだ。

それだけの短い会話を終え、津ヶ谷さんのお母さんは、まだ仕事があるからと足早に去って行った。

それから私は外回りを終え、お昼過ぎに会社へ戻った。

オフィスに戻った途端に部長はすぐ私を見つけ、声をかけてきた。

「桐島、今日の飲み会大丈夫だよな？」

「あ、あの私やっぱり今日……」

「普段はない総務部との合同飲み会だからなぁ！　いやぁ、楽しみだ！　な！」

聞いておいてこちらの答えに聞く耳など持っていない。

適当な言い訳で断ろうとしたものの、部長の豪快な笑い声でかき消されてしまった。

……まぁ、いいか。

少し顔を出して、すぐ退席してしまおう。


その夜、日本橋にある居酒屋の広間を貸し切っての飲み会が行われた。

昼間部長が言っていた通り、今日の会は営業部と総務部の合同飲み会で、同じ部署の人から普段あまり面識のない人までがそろっている。

端っこでひっそり飲んですぐ帰ろう。そんな私の思惑とは裏腹に、着くなり長テーブルの真ん中に座らされ、隣には総務部の男性社員が座った。

「桐島、彼はうちの常務の息子でなぁ。仕事もよくできるし見た目もこの通りの爽やかな好青年！　どうだ？　いいだろう？」

「は、はぁ……」

「せっかくだし親睦を深めてみてはどうかね。うん、お似合いだ！　美男美女だ！」

やけに彼を勧める部長に、そういうことかとその意図を察した。

やけに飲み会に強引に誘ってきたかと思えば、つまりは私と常務の息子をくっつけて、常務に自分の名を売ろうということだ。

まんざらでもなさそうに照れる常務の息子を横目で見ながら、私は愛想笑いをつくる。

あぁ、どうしよう。

こういうとき、だいたいはうまいこと言って流してしまうけれど、部長のこの強引さだと有無を言わさずくっつけられてしまいそうだ。

さてどうしたものかと考えていると、広間のドアが開かれる。そこから顔を見せたのは鞄と紙袋を手にした津ヶ谷さんだ。

「すみません、遅くなりました」

「おっ、津ヶ谷！　お疲れ。こっち空いてるぞ」

仕事が押してしまったのか、遅れてきた津ヶ谷さんへ目を向けるとふと目が合う。

つい逸らしてしまうと、彼もとくに気に留める様子もなく部長に呼ばれるまま、私の斜め前の席に腰を下ろした。

不自然だとわかっていても、目が合わせられない。

手もとのお茶を飲んで、動揺をごまかす。

「桐島さん、お酒は飲まれないんですか？」

「ええ、あまり得意ではなくて」

「じゃあ今度、ごはんのおいしい所でお食事でもいかがですか？」

少し恥ずかしそうに誘う彼に、「いいですね」と笑って答えた。

考えてみれば、彼の好意をわざわざ無視しなくてもいいんだよね。

もしかしたら、彼も本当の私を受け入れてくれるかもしれない。

そしたら私は、次の恋に進むことができる。この苦しさを忘れられるかもしれない。

そんな期待を込めて、彼との話に花を咲かせる。

しばらくして、みんなだいぶお酒が回ってきた頃。そんな私たちを見て部長が口を開く。

「で？　どうだ、桐島。お前から見ても彼はいい男だろう！　せっかくの縁だ、付き合ってみたらどうだ？」

「そ、そうですね……でも」

「迷う理由もないだろう。よくお似合いだと思うぞ？　なぁ、津ヶ谷もそう思うよな！」

部長はよりによって津ヶ谷さんに話題を振る。

……やだ。津ヶ谷さんには振らないで。

これ以上つらい思いはしたくない。

『お似合い』だなんて彼に言われたら、苦しくて、悲しくて、どうしようもなくなってしまう。

笑えなくなる。

これまで必死につくってきたはずの仮面が砕けていく。

引きつる私を目の前に、津ヶ谷さんは口を開く。

「そうですね。でも桐島さんに常務のご子息のお相手はもったいないかもしれません」

「え？」

彼が口にした意外すぎる言葉に、私をはじめ部長も常務の息子もいっせいに首をかしげる。

「桐島さん、意外と普通の方ですから。この前も、深酒して映画見て号泣して、顔パンパンにして出社してましたし」

「なっ！」

って、その話は言わないでよ！

いきなりなにを言うのかと津ヶ谷さんを睨む、そんな私の隣では常務の息子が顔を引きつらせている。

「えっ、そうなんですか……？」

「……ここだけの話、メイク落とすと結構顔違うんじゃないかと思ってます。僕、妹いるんでそういうのわかるんですよ」

津ヶ谷さんがぼそ、と耳打ちをすると、それが決定打になったのか。彼はそそくさと端の席へ移動していってしまった。

すっぴんだと顔違くて悪かったわね！　しかもそれ聞いて引くのもまた失礼だし。

これだから男ってやつは……！

悔しい、そう思うけれど、目の前の津ヶ谷さんは黙ってグラスに口をつける。

……きっと、守ってくれたんだろうな。

私が気まずくならないように、相手が引くように仕向けてくれた。

もう、偽物の夫婦でいる必要はない。なのにやっぱりあなたは優しいから、胸がまたグラグラと揺れてしまう。

うれしいのに、苦しい。

いっそう、好きだと思ってしまう。


三時間ほどの飲み会を終え、二次会を断った私はひとりで帰路についた。

駅に向かう大きな通りを、ハイヒールで歩いていく。

結局あの後、常務の息子はいっさいこちらへ近づくことはなく、部長も無理そうだと判断したのか無理に勧めてくることはしなかった。

津ヶ谷さんはあっという間に女の子たちに囲まれてしまったし、私は私でほかの人と話で盛り上がり、会話ひとつすることもなく飲み会を終えたのだった。

帰り際も女の子たちに囲まれていたな。

あんなの見たら、乾さんが黙っていなさそうだ。そうだよね、彼女からすれば気分のいいものではないよね。

自分が心の中でつぶやいた『彼女』の響きにまた胸が痛む。

その時だった。

「彩和！」

突然名前を呼ばれると同時に、腕をぐいっと引かれた。

えっ、もしかして。彼の姿を思い浮かべ期待したのもつかの間。

私の腕を掴むのは、細身のスーツを着た黒髪の男性……以前断ったお見合いの相手である、神崎さんだった。

細い銀縁のメガネをかけた彼は、私の驚いた顔を見て笑う。

「こ、神崎さん……？　どうして」

「出張で都内に来てたんだ。そしたらたまたま君を見つけたから」

彼は新潟市内の大きな企業に勤めている。そんな彼と東京で会うとは思わず、少しの酔いは一瞬で吹き飛んだ。

「お見合いの件、残念だったよ。僕は君のことをとても気に入っていたし、君のお母様も僕を気に入ってくれていたから」

「すみませんでした。実はずっとお付き合いしている方がいて、でも言えなくて」

母に話したことと同様の嘘をつく。けど、今『その男と会わせろ』なんて言われたら大変だとも思って、内心ドキドキだ。

するとと神崎さんは私の腕を掴む手に力を込める。

「どうしてその男なの？　僕になにか不満でもあった？」

「えっ、いいえ、そうではなくて」

「黙って僕の隣にいるだけで、なんの苦労もない生活ができるんだよ？　君みたいな見た目しか取り柄のなさそうな子にはピッタリだと思うんだけど」

だから……そういう、自然と人を見下すところが苦手なんだってば。

見た目しか取り柄がないとか、私がどんな仕事をしているかすらも知らずに言ってくるのがまた腹が立つ。

お母さんのメンツもあるしと下手に言わずにいたけれど、もう言ってしまおうか。

そう意を決し、息を吸い込んだ、その瞬間。

「人の彼女つかまえて、ずいぶん失礼な物言いですね」

その言葉とともに、ぐいっと肩を抱き寄せられた。

見るとそれは、今度こそ本当に津ヶ谷さんで、息を上げた姿から走って追いかけてきてくれたのだと察した。

「津ヶ谷、さん……？」

「な、なんだ君は。関係ないだろう」

「関係あります。彩和の、彼氏ですから」

驚く私の肩を抱いたまま、津ヶ谷さんは神崎さんをまっすぐ見据えて言う。

「あなたがどれだけできた人なのか知りませんけど、なんの苦労もない生活ができても彼女が幸せじゃなきゃ意味なんてありませんよ」

それは、私の心の内を代弁するように。

「彩和と結婚するのも、幸せにするのも俺です」

そして、欲しい言葉を与えてくれるかのように。

周囲を通り過ぎていく人目も気にせず、そう言いきる。

それが、たとえ嘘でも演技でもうれしいと思ってしまう。

津ヶ谷さんの言葉に、神崎さんは顔を真っ赤にして私の腕を離すと、それ以上なにも言うことはなくその場を去っていった。

それを見届け、ふたりで安堵する。けれど、私はすぐ津ヶ谷さんから離れて距離を取る。

ダメ、これ以上甘えちゃいけない。

さっきの言葉だって、その場しのぎの嘘だろうし。

「すみません……ありがとうございました」

それだけを言って、逃げるように小走りで歩きだす。

「彩和っ……」

ところが、道の小さなおうとつにつまずき、こけてしまった。

「いたた……」

足首はくじくし、膝はぶつけるし、靴も脱げて座り込んで……さんざんだ。

通りかかる人々が何事かとこちらを見ていく中、津ヶ谷さんは慌ててこちらへ駆け寄る。

「……だから、無理してヒールなんて履くなって」

あきれたように言いながら、彼は私の体をお姫様抱っこの形で持ち上げ、近くの石造りのベンチにそっと座らせた。

ベンチに浅く座るとひんやりとした冷たさが太ももに伝わった。

そして津ヶ谷さんは、私の前にひざまずくと、紙袋からあるものを取り出す。

それは私が先日小西さんに渡したはずの靴だ。

「え……？　どうして、それを？」

「小西さんから渡された。『捨ててほしいって託されたけど捨てられるわけがない』って」

その手は靴が脱げたままの私の右足に優しく履かせると、続いて左足も履き替えさせた。

小西さんから受け取った靴を私に届けるため、持ってきてくれたんだ。

まだ綺麗なパンプスに履き替えた両足に、胸にはうれしさがこみ上げた。

すると津ヶ谷さんは腕を伸ばし私の顔を両手で掴むと、キッとこちらを睨む。

「それよりお前、いい加減にしろよ！　人の話聞かないわ、本当に出ていくわ……ありえないだろ！　さっきも引き留めようとしたのに早々に帰るし」

「す、すみません！」

怒られた！

肩をすくめて謝る私に、津ヶ谷さんはため息をひとつついて、親指でそっと頬をなでた。

「……大切な話くらい、逃げないで聞いてくれ」

真剣な眼差しでささやく。

そういえば、あの日も津ヶ谷さんは話を聞いてほしそうだった。今みたいに。

……だけど、私は臆病だから聞けないよ。

「聞きたくないです。だって、私、前提も忘れて『本物になりたい』なんて思っちゃうんです」

条件で選ばれただけ。そうわかっていても、それ以上の理由を求めてしまう。津ヶ谷さんがくれる言葉や温もりが、心からのものだったらいいのになんて、期待をしてしまう。

「解放してやる、なんて津ヶ谷さんにとってはなんてことない言葉でも、私にとってはつらいことなんです……それくらい、津ヶ谷さんのことが好きなんです」

強く優しく、まっすぐなあなたのことが好き。

今こうして、言葉とともに涙があふれてしまうほどに。

ぽろぽろとこぼれた涙で頬を濡らす私に、津ヶ谷さんは頬に手を添えたままこちらを見つめる。

「お前が嫌だって言っても、俺は言う。その気持ちが本物なら、俺は彩和を解放する」

嫌だ、聞きたくない。

そう拒もうとする私を逃さないように、その手はぐっと力を込める。

「偽装の妻、から解放する。だから、偽装じゃなくて本当の妻になってくれ」

そう言って頬から手を離すと、彼はスーツの内ポケットから青い小さなケースを取り出した。

手のひらほどの大きさのそれをそっと開くと、そこには上品なダイヤの指輪が輝いていた。

「え……？」

本当の、妻に……？

それって、どういうこと？

意味がわからず、驚きに涙も止まってしまう。

「だって、この前乾さんと……」

「あれは、断るために話をしていたんだ。そしたら抱きつかれて、気づいたら恋人は乾だなんて噂も回ってるし……」

断る、ために……？

じゃあもしかして、津ヶ谷さんはあの時もこの話をしようと私を引き留めていた？

なのに私、思い込みからずっと拒んだりして。

「受け入れてくれる人なら誰でもいいわけじゃない。好きな人に受け入れてもらえるから、うれしいんだよ」

津ヶ谷さんはそう言って、私の左手薬指にそっと指輪をはめた。

白い左手に、もったいないくらいのダイヤが輝く。それを愛おしむように、彼は手の甲に優しくキスをする。

「なんでですか……私完璧なんかじゃないし、嘘ついてばっかりで、外面つくってばっかりで」

「なに言ってるんだよ。完璧じゃなくて、オタクで、弱くて、大きな声で笑って、それが本当の彩和だろ。嘘なんかない」

そう言って、手を引き立ち上がらせる。

「お前が俺をいいと言ってくれたように、俺はそんな彩和がいい。彩和だから、いいんだ。さっきも言っただろ。お前と結婚するのも幸せにするのも、俺だ」

演技や嘘なんかじゃなかった。

私だから、いい。

愛しい人がそう言ってくれる。受け入れてくれる。そのことがとてもうれしくて、再びこみ上げる涙を止めることができなかった。

「好きだよ、彩和」

津ヶ谷さんは私をそっと抱き寄せると、キスをした。

それは最初のキスよりも優しい、柔らかなキス。街の明かりがひっそりと、寄り添うふたりを照らした。

お互いお見合いから逃れたくて、交換条件ありきで始まった関係。結婚してから互いを知って、好きの感情があとからついてくるなんて順番はめちゃくちゃだ。

だけどこういうのも私たちらしくていいのかもしれない。そう思えてしまうほど、今ここに、たしかな愛を感じている。


翌日。女性社員のひとりが、私の左手薬指にはめられた指輪へ目を向けた。

「あれ、桐島さん。その指輪素敵ですね」

それは、昨日津ヶ谷さんがくれた婚約指輪。私と彼の関係を公にするわけにもいかない、けれど津ヶ谷さんから『男よけに』としっかりとはめられた指輪だ。

「って、あれ？　左手薬指、ってことは彼氏からですか⁉」

「……うん、実は」

隠すことなくえへへと笑うと、周囲にいたほかの女の子たちもこちらに集まってきた。

「ついに桐島さんも結婚ですか？　いいなぁ。それに桐島さんを落とせるなんてすごい人なんだろうなぁー！」

「ふふ、どうかなぁ」

「やっぱり紳士的な人ですか？　かっこよくて大人で、余裕があって！」

「ううん、真逆。だけど、不器用だけど優しい人だよ」

笑って言うと、背後ではゴホッと誰かが噴き出したような声が響く。

何事かと振り返ると、そこでは津ヶ谷さんが飲んでいたコーヒーを噴き出してしまっていたようで口もとを押さえていた。

「うわっ、津ヶ谷大丈夫か？」

「すみません、大丈夫です。変なところ入っちゃって」

動揺したのか、珍しい彼の姿に室内の人はみんな驚きの視線を向けた。

手洗ってきます、と部屋を出る彼に、私も自然にあとに続き出る。そしてふたりきりの廊下で、私は津ヶ谷さんに声をかけた。

「津ヶ谷さん、大丈夫でした？　ハンカチありますよ」

「誰のせいだと思ってるんだよ。堂々とのろけてるなよ。恥ずかしい奴」

頬を少し赤く染めながら、私を小突く。そんな表情のひとつも、私だけのもの。

それがうれしくて、私は顔をくしゃくしゃにして笑った。

私たちの関係は、まだ周囲には秘密のまま。

それぞれの仮面もかぶったまま。

だけど、つながる心はふたりだけのもの。
あなたは私だけの、王様。

End.

特別書き下ろし番外編

誓いのキスを

笑顔で、美しく優しい。そんな君にはいつも見えない壁があって、それはどこか自分と似ているように思えた。


よく晴れた日曜日の朝、朝日のまぶしさに目を覚ます。

肌寒さを感じて自分の体を見ると、シーツ以外は服一枚もまとっていなかった。

足もとに触れる人肌の温もりに、ふと隣を見ると、そこでは俺と同様に裸のままの彩和がすやすやと眠っている。

そういえば昨夜、俺の部屋に来たんだったか。

「ん～……」

すっかり油断しきった顔で、むにゃむにゃと声を出しながらこちらに向かって寝返りをうつ。

よく寝ているな……。

その白い頬をつんつんと指でつつく。それに対しくすぐったそうに笑う寝ぼけた顔がかわいい。

くそ、かわいすぎてムカつくな。

心の中でつぶやき、こちらまでにやけそうになるのをこらえながら彩和を見つめた。

その細い薬指には、指輪がひとつ輝いている。

俺と彩和が、本物の夫婦となって一ヶ月以上が経とうとしている。

これまで通り、俺たちの関係はまだ会社には内緒だし、家には小西さんが通っている。大きく変わったところは、あまりない。

けれど、俺と彩和の間にキスが増えたり、肌を重ねたり、着実にふたりの間は変わっていた。

ついこの前まで、誰にも本音を見せられなかった。

そんな俺に、こうして素でいられる相手ができるなんて思いもしなかった。

それは、彼女にとっても同じようなものかもしれないけれど。

しばらくその寝顔を見つめていると、そのうち彩和もまぶしそうにそっと目を覚ました。

「ん……津ヶ谷、さん？」

「おはよう。よく寝てたな」

彩和は寝ぼけた顔で俺を見て、それから自分がなにも服を着ていないことに気づいて、慌ててシーツにくるまった。

「なに今さら照れてるんだよ。さんざん体の隅々まで見たのに」

「いっ言わないでくださいよ！　そういうこと！」

もともと恋愛経験の少なかった彼女は、まだまだ恥ずかしさが大きいらしい。一緒に住んでいながらも、キス以上に進むのも時間がかかった。

普段、完璧女子とか言われている彼女のその顔を崩すのもまた楽しいのだけれど。

恥ずかしそうにシーツにくるまったままの彩和を見て笑うと、俺は手をシーツの中にすべり込ませ、その肌に触れる。

「ひゃっ、なにするんですか」

「今日は小西さんも休みでいないし、思う存分イチャつこうかと思って」

「え！」

その柔らかなウエストから胸にかけてのラインを指先でなぞる。

そしてゆっくりとシーツを取ると、真っ赤な顔をこちらに向けた彩和にそっとキスをした。

「ん、もう……見ないで、ください。恥ずかしい」

「いいだろ。もっと見せろよ」

恥じらう姿も、甘い声も、すべて愛しくてたまらない。

ただの後輩でしかなかったはずの君が、こんなに心を占めるようになるなんて。

それから俺と彩和は肌を合わせて過ごし、ようやく服を着たのは昼近くのことだった。

「もうお昼……どうします？　ごはんなにか作ります？」

「いや、せっかくだし食事がてら出かけるか。最近ゆっくりデートもできてなかったし」

ここ最近なにかと忙しく、日曜は俺が休日出勤だったり寝ていたりでまともに出かけられていなかった。

彩和はそこで『寂しい』とか言うタイプではないけれど、多少なりとも寂しい思いはさせていただろう。

自分なりにそう気を使って提案すると、彩和はうれしそうに表情を明るくする。

「えっ、いいんですか？」

「あぁ。だから、どこ行きたいか考えながら身支度してこい」

「はいっ」

普段は落ち着いた表情を見せるだけの顔が、見てわかるくらい明るく笑う。

俺だけが知っているその姿が、またうれしい。

彩和はいそいそと服を着て自分の部屋に向かおうとした、その時だった。

ベッド横のサイドテーブルに置かれた彩和のスマートフォンが、ピリリリ……と音をたてる。

「電話……？　お母さんからだ」

彩和は不思議そうに通話ボタンをタップして電話に出る。

その瞬間、電話口からは、

『どういうことなの‼』

とこちらまで聞こえるほどの大声が響いた。

思わずこちらも驚いていると、彩和は耳が痛そうに顔をしかめる。

「も、もしもし？」

『ちょっと彩和！　あなた今どこにいるの！　お父さんとアパートに来たら、部屋空っぽじゃない！』

「え？　アパートに来たの⁉」

彩和の両親が、アパートに⁉

そこに娘の姿がないどころか、まともに家具すらもないのを見て、驚いて電話をしてきたのだろう。

そこで俺はふと思い出す。

近々挨拶に行こうと思っていて、すっかり後回しになっていたことを……！

これはまずい。結婚云々の話はまだ黙っておくとしても、せめて結婚前提で付き合っていることと同棲していることくらいはこちらから挨拶に行って話すべきだった。

最悪な知られ方をしてしまい、俺も彩和も顔を引きつらせる。

……けど、わざわざ娘の様子を見に来たふたりをこのまま帰すわけにもいかないだろう。

そう腹をくくって、俺は彩和に小声で言う。

「彩和、ご両親にうちの住所伝えて来ていただいて。せっかくだし、挨拶したいから」

「えっ、大丈夫ですか？」

うん、とうなずくと、彩和は申し訳なさそうに眉を下げて電話の向こうのお母さんへ話しかける。

「お、お母さん？　実は今違う所に住んでて……住所教えるからタクシーで来てもらってもいい？」

そしてこの家の住所を伝えると、電話を切り息を吐いた。

「すみません、まさかいきなり来るなんて……」

「いや、結局今まで挨拶もできてないままだったからな。本来ならもっと早くに俺の方から行くべきだっただろうし、こんな形になって申し訳ないけど」

そう言って笑うけれど、その表情は曇ったままだ。

「うちのお父さん、かなり頑固者でうるさい人なので津ヶ谷さんに嫌なこと言うかもしれないです……」

なるほど。お母さんより、お父さんのほうが心配なのか。

結婚した同僚や先輩から、男親との初対面は殴られる覚悟でいけ、と言われていたこともありある程度は予想していたけれど、相当なのだろうか。

けど、それでも。

「強く言われることも叱られることも覚悟してる。それでも、ちゃんと認めてもらえるように向き合うから」

俺はそう言って、彩和の頭をポンポンとなでた。

なにを言われても、殴られたとしても。彩和とこの先もずっと一緒にいるために、おろそかにはできないことだから。

緊張感を覚えながらもそれを隠し、俺は身支度を整えた。

……ところが。その覚悟も揺らぐほどの緊張に襲われたのは、数十分後のことだった。

タクシーでうちへ来た彩和の両親を居間に通し……長テーブルに俺と彩和、そして彩和の両親とで二対二で向き合う形で座った。

彩和のお母さんは、「あらぁ～」とうきうきして家の中や俺を見る。

黒髪のショートカットで痩せ型、彩和とよく似た顔立ちのその姿は電話口の時よりかは落ち着いた様子だ。

……けれど、問題は。その隣に座り俺を睨みつける、推定一九〇センチはあるだろう、プロレスラーのような体格をした男性。そう、彩和のお父さんだ。

鋭い目つきでこっちを睨んでいる……。しかも、彩和と似ていないにもほどがある。顔つきもオーラも怖すぎる。

彩和は当然見慣れているのだろう、気にしていないようにお茶を出す。

「もう、いきなり来るなんてどうしたの？」

「ごめんなさいねぇ。日曜だし、たまには東京観光がてら彩和をびっくりさせようと思って」

彩和のお母さんは笑いながら、「けど」と俺を見る。

「彼氏がいるとは聞いていたけどこんなイケメンだったなんて！　しかもこんな立派な家でもう同棲中だなんて、こっちがびっくりさせられちゃったわよー！」

彩和のお母さんは、柔軟性のあるタイプのようで、すでにすっかり俺を受け入れている様子だ。

けれど、一方で彩和のお父さんは俺を睨みつけたまま。

「ご挨拶が遅くなり申し訳ありません。彩和さんと同じ会社に勤めており、お付き合いさせていただいております。津ヶ谷愁と申します」

とりあえずまずは挨拶を、と俺は座ったまま礼をする。

「津ヶ谷さん！　あらー、お名前も素敵なのねぇ。うちの彩和がいつもお世話になっております～！」

彩和のお父さんが黙り続ける中、お母さんの明るい声だけが居間に響く。

「彩和とはお付き合いしてどれくらい？　結婚とか考えてらっしゃるのかしら？」

「はい、もちろんです。結婚を前提としてお付き合いさせていただいております。近々ご挨拶に伺う予定ではいたのですがなかなか時間が取れず、すみません」

「あら、いいのよ！　若いのに誠実ねぇ！　彩和、いい人見つけたわね－！」

すでに入籍をしているのにそれを黙ったままでいる俺に、『誠実』の言葉が良心に刺さって痛い。

その時、彩和のお父さんがゴホンッと咳払いをひとつした。

「うちの娘は、やらん！」

そしてその低く大きな声が初めて発したひと言は、完全拒否の言葉だった。

「お父さん、またそんなこと言って。彩和ももう大人なんですから……」

「やらんと言ったらやらん！　うちのかわいい彩和をどこの誰とも知らん、まともに挨拶にも来ない都会のチャラ男にはやらん！」

立腹したその様子に、『実はもうもらってます』とは口が裂けても言えない。

言おうものなら投げ飛ばされかねない。

すると、彩和が不機嫌そうに眉をひそめる。

「ちょっとお父さん、そういう言い方やめてよ！　津ヶ谷さんだって忙しかったんだし、都会の人だからチャラいとか偏見だし！」

「なんだ、実の親より男の肩を持つのか！　お前なにか弱みでも握られてるんじゃないのか！」

「それは、その……」

って、口ごもるんじゃない彩和……！

たしかに最初は弱みを握っていたけれども。

素直すぎる彩和の反応にヒヤヒヤしてしまう。

すると彩和のお父さんは、バン！とテーブルを叩く。

「もうこっちには置いておけん！　そもそも東京に行くこと自体反対だったんだ！　新潟に戻るぞ！　仕事だって向こうにもあるし結婚相手も見つけてやる！」

家の外まで聞こえてしまいそうな大声をあげるお父さんに、彩和も負けじと大声をあげる。

「私のことも津ヶ谷さんのことも、なにも知らないくせに……お父さんのそういう勝手なところ、大っ嫌い‼」

かわいい娘からの『大っ嫌い』は胸にぐさりと刺さったようだ。彩和のお父さんは言葉を失い、たちまち勢いをしぼませる。

そしてしゅん、とうなだれると、悲しげに居間から出ていった。

「お父さん！　もう、彩和も！　ごめんなさいね、津ヶ谷さん。いい年して親子ゲンカなんて」

「いえ……」

慌てて謝るお母さんにも、彩和は不機嫌に「ふん」と顔を背ける。

「彩和。お父さんに言いすぎじゃないのか？」

「だって！　人の話も聞かずにあの言い方ひどすぎる！」

彩和が怒る気持ちもわかる、けれど初対面の娘の彼氏を受け入れられないお父さんの気持ちもわかる。

どちらが悪いとも言えない状況に、どんな顔をするべきか迷っていると、彩和のお母さんは困ったように笑う。

「お父さん、彩和のこと大好きだから。頭でわかってても受け止めきれないのよねぇ」

彩和のことが大好き。

それは、娘のために何時間もかけて東京に来たというところからも感じ取れる。

「うち、なかなか子供ができなくてね。彩和はやっとできた娘だから、下に妹もいるけど、彩和への思い入れはひとしおで」

「そうだったんですか……」

「おまけに彩和は早々に地元も出ちゃって、滅多に帰ってもこないし。お父さん、寂しいのよ」

もちろん私もだけどね、と付け足しながら、彩和のお母さんは持ってきていた紙袋をこちらへ渡す。

「今日も、彩和のためにお土産も持ってきたんだけどね。これ選ぶのにも『彩和はチョコレートが好きだったな』って、何時間も悩んで」

彩和が取り出してみると、それは花や宝石など凝ったデザインのチョコレートだった。

お父さんが何時間もかけて悩んだお土産に、彩和も少し複雑そうな表情を見せる。

その表情に、きつい言葉も愛情の一部だとわかっているのだと思う。

「……すみません、僕お父さんと少しお話ししてきます」

俺はそう言うと、彩和の頭を軽くなでて家を出た。

どこに向かったのか……。きっと頭を冷やしに出たのだろう。

ひとりで冷静になれるようなところ、といえばこの近くには小さな公園くらいしかない。

見ず知らずの土地で遠くには行かないだろう、と読み、俺は公園へと向かう。

小さなブランコとすべり台、それとベンチがあるだけの小さな公園を覗くと、そこには予想通り彩和のお父さんの姿があった。

ベンチにひとりで座っている。先ほどまで威圧感を漂わせていた大きな体が、どこか小さく見えた。

落ち込んでいるのだろうか。

「……あの、お父さん」

「誰がお父さんだ！」

いや、そんなことなかった。

すぐ食い下がってくるお父さんに一瞬圧倒されながらも、勇気を出してたずねる。

「お隣、いいですか？」

「……あぁ」

小さなその返事に、少し距離を空けて同じベンチに座った。

ふたりきりの公園で、青空の下涼しい風が吹いた。

少しして、彩和のお父さんは口を開く。

「彩和は子供の頃はおとなしい子でな。内気で、人と話すのが苦手で、いつも本を読んでいるような文学少女だった」

文学少女……というより、それは漫画だったんじゃないだろうか。そんな野暮なツッコミをのみ込む。

「それが高校生くらいから妙に洒落っ気づいて！　大学は都内にするし、就職もそっちでするって言うし、寂しいに決まってるだろう！」

「ええ、さっきお母さんからもお聞きしました。彩和さんのことをとてもかわいがられていた、と」

「そうなんだよ！　たまに帰ってきても男の話のひとつも出なかったのに、いきなり結婚前提で付き合ってる彼氏がいるなんて……騙されているんじゃないかと疑いたくもなる」

心配で、だけど厳しい言い方しかできず、彩和とぶつかってしまうことを悔やんでいるのだろう。

お父さんは悲しげな声を出すと、うつむき、息をひとつ吐いた。

「あの子は、俺らの知らない世界でちゃんとやれてるか？」

目の届かない所で、かわいい娘がどう過ごしているか。ちゃんと生活できているか、幸せか。

それをたずねる言葉に、俺はうなずく。

「……はい。彩和さんは、よくできた方です」

それは、『完璧女子』、とまで言われるほどに。

「仕事もがんばってますし、人柄もいいので人望もあります。無理な仕事を押しつけられても笑って受け入れますし、嫌なことを言われてもうまく流して……強い人です」

彼女がそうなるまで、たくさん努力と苦労を積み重ねたのだろう。

傷つきたくないと自分を守りながら。背伸びをして、仮面をかぶって。

だけど、それだけじゃない。

「自分のためじゃなく人のために、怒ったり喜んだり悲しんだりできる。優しい人だと思います」

俺のために乾に怒ってくれたこと。

俺の話に悲しい顔をしたこと。

そんな、まっすぐな心を持った人。

「抜けてるところもあるし、泣き虫なところもある。けど、僕はそんな彩和さんが好きです」

そんな彩和だから、安心して一緒にいられる。

素顔を見せられるし、素顔を見たいと思うんだ。

自然とこぼれた笑顔で言うと、彩和のお父さんは「ふん」と顔を背ける。

「そ、そんな言葉信用できるか！」

「はい。まだすぐに信じていただけるとは思っていません。それでも、あきらめません」

そんな彩和のお父さんに、俺は立ち上がると、目の前に立ち深く頭を下げた。

「順番が違ってしまい、申し訳ございませんでした。ですが、僕は絶対に彩和さんを幸せにすると約束します」

その愛情と同じくらい、いや、それ以上の愛情で、彼女を思うと約束する。

そう、はっきりと言いきって頭を下げ続ける俺に、彩和のお父さんは無言で立ち上がる。

そして、俺の横を通り抜け、公園の出口へ向かい歩きだした。

……まぁ、そんなすぐには受け入れてもらえなくて当然か。

そう自分に言い聞かせ頭を上げた、その瞬間。

「……たまにはゆっくり帰ってくるよう、言ってやってくれ」

彩和のお父さんはこちらに背中を向けたまま、ぼそりとつぶやいた。

「えっ、あっ、はい！」

驚きながら、つい大きな声が出る。そして彩和のお父さんは、俺より一足先に家へと戻っていった。

少しは認めてもらえたということだろうか。

ふたりの関係の始まりとか、実はもう入籍していることとか、まだ言えていないことはたくさんある。

いつか、きちんと報告できたらいい。その時はまた殴られる覚悟で、伝えよう。

『娘さんを僕にください』、と。


それから俺たちは家に戻り、とりあえずごはんを食べようと、四人で出前を取って食事をした。

彩和のお母さんがあれこれとひっきりなしに話す中、お父さんが話すことはなかった。けれど、俺たちのことを否定するようなことはいっさい言わなくて、お父さんなりに受け入れようとしてくれているのかもしれないと感じた。

「じゃあ、私たち帰るわね」

そして夕方になろうとした頃、そう言ってふたりは玄関へと向かっていく。

「車ありますし、駅まで送ります」

「いいのいいの。向こうじゃ車乗ってばっかりだし、たまには歩かなきゃ。ね、お父さん」

玄関まで見送りに来た俺たちに、彩和のお母さんはそう笑ってお父さんへ話題を振る。けれど、その表情はムッとしたままだ。

そんなお父さんを、彩和は同じくムッとした顔で見る。

こう見ると、怒り方とか似ているかもしれないな。そんなことを思いながら、俺は「彩和」とその背中を軽く叩いた。

『なにか言うことがあるだろ』と言おうとした俺の気持ちを察したように、彩和は渋々口を開いた。

「今年の年末年始は、帰るから。……あと、大嫌いなんて言って、ごめんなさい。お土産、ありがとう」

ぼそぼそと言った彩和に、お父さんは驚き、泣きそうになるのをこらえて一足先に家を出る。そんな姿を見て、彩和のお母さんはあきれたように笑う。

「もう、素直じゃないんだから。じゃあ彩和、またね。津ヶ谷さんも、年末年始よかったら一緒にいらして。ごちそう作って待ってるわ」

そしてお父さんを追いかけるように、彩和のお母さんも家をあとにした。

一気に静かになった家の中に、ふたりの口からは「ふう」と安堵の息が漏れる。

「本当にすみませんでした。いきなり来るわ、お父さんは失礼だわ……」

「いいよ。それに、俺彩和のお父さん結構好きだ」

笑いながら居間に戻り、ふたりで縁側に腰を下ろす。

「いい両親だな。会えてよかった。彩和のこと、もっと幸せにしたいって思えた」

夕日が浮かぶオレンジ色の空を見ながら言った俺に、隣に座る彩和はぎゅっと抱きつく。

「……私、もう十分幸せですよ」

「いや。今以上幸せにしないと、お前を愛して育てた両親に顔向けできない」

その腕に応えるように体を抱き寄せて、そっとキスをした。

「年末年始、楽しみだな」

「楽しみって、うちの実家、ただの田舎ですよ？」

「いいよ。彩和の生まれ育った所が見てみたい」

どんな場所で、どんな人と生きてきたのか。そんな一つひとつをもっと知りたい。

君を知って、俺を伝えて、そうやって少しずつ夫婦になろう。

素顔のままの、ふたりで。

End.

あとがき

はじめまして、夏雪なつめと申します。

このたびは本作をお手に取っていただき、ありがとうございます。

仮面をかぶったふたりの偽装結婚から始まる恋のお話、いかがでしたでしょうか？　津ヶ谷のツンデレっぷりが自分的にとても好きで、ふたりのやりとりなど終始楽しく書けたお話でした。少しでもその楽しさが伝わったらうれしいです。

今回のテーマは『本当の自分』。周囲にオタクという一面を隠す彩和は、なんだか自分に重なるところがあるなぁと思いながら書いていました。

というのも、普段私も小説を書いていることはごく身近な人意外には内緒にしているからです。

小説を書き始めた頃は旦那さんにすらも内緒にしていて、コソコソと隠れるように書いていました。ですが、一作目の書籍化の時にさすがにもう隠せないなと思い勇気を出して打ち明けたのでした。
旦那さんはもともと私がすることを否定することのない人でしたが、作家業に関してはとくに理解してくれて、忙しい時期には家事を手伝ってくれたり、気分転換に外に連れていってくれたりとなにかと支えてくれています。
好きなことを理解し支えてくれる人の存在は、なにより心強いです。

そんな家族だけではなく、たくさんの方のお力添えをいただきこうしてまた大切な一冊を生み出すことができました。
担当の鶴嶋様、編集協力の佐々木様。素敵なイラストを描いてくださった山田パン様。いつもお世話になっております編集部の皆様、そしていつも応援してくださる読者の皆様。本当にありがとうございました。

またいつか、お会いできることを祈って。

夏雪《なつゆき》なつめ

夏雪なつめ先生への
ファンレターのあて先

〒104-0031
東京都中央区京橋1-3-1
八重洲口大栄ビル7F
スターツ出版株式会社　書籍編集部　気付

夏雪なつめ先生

本書へのご意見をお聞かせください

お買い上げいただき、ありがとうございます。
今後の編集の参考にさせていただきますので、
アンケートにお答えいただければ幸いです。

下記URLまたはQRコードから
アンケートページへお入りください。
http://www.berrys-cafe.jp/static/etc/bb

旦那様は溺愛暴君!?
偽装結婚なのに、イチャイチャしすぎです

2019年2月10日　初版第1刷発行

著　　者　夏雪なつめ

発 行 人　松島 滋
デザイン　カバー　北國ヤヨイ
フォーマット hive & co.,ltd.
校　　正　株式会社　文字工房燦光
編集協力　佐々木かづ
編　　集　鶴嶋里紗
発 行 所　スターツ出版株式会社
〒104-0031
東京都中央区京橋1-3-1　八重洲口大栄ビル7F
TEL　出版マーケティンググループ　03-6202-0386
(ご注文等に関するお問い合わせ)
URL　http://starts-pub.jp/
印 刷 所　大日本印刷株式会社

Printed in Japan

ISBN 978-4-8137-0617-5　C0193

ベリーズ文庫 2019年2月発売

『旦那様は溺愛暴君!? 偽装結婚なのに、イチャイチャしすぎです』 夏雪《なつゆき》なつめ・著

仕事も見た目も手を抜かない、完璧女を演じる彩和。しかし、本性は超オタク。ある日ひょんなことから、その秘密を社内人気ナンバー1の津ケ谷に知られてしまう。すると、王子様だった彼が豹変！ 秘密を守るかわりに出された条件はなんと、偽装結婚。強引に始まった腹黒王子との新婚生活は予想外の甘さで…。

ISBN 978-4-8137-0617-5／定価：本体630円＋税

『愛されざかり～イジワル御曹司の目覚める独占欲～』 佐倉《さくら》ミズキ・著

OLの里桜は、残業の疲れから自宅マンションの前で倒れてしまう。近くの病院に運ばれ目覚めると、そこにいたのはイケメンだけどズケズケとものを言う不愛想な院長・藤堂。しかも、彼は里桜の部屋の隣に住んでいることが発覚。警戒する里桜だけど、なにかとちょっかいをかけてくる藤堂に翻弄されていき…。

ISBN 978-4-8137-0618-2／定価：本体640円＋税

『クールな御曹司の本性は、溺甘オオカミでした』 砂川雨路《すながわあめみち》・著

OLの真純は恋人に浮気されて別れた日に"フリーハグ"をしていた若い男性に抱きしめられ、温もりに思わず涙。数日後、社長の息子が真純の部下として配属。なんとその御曹司・孝太郎は、あの日抱きしめてくれた彼だった！ それ以降、真純がどれだけ突っぱねても、彼からの猛アタックは止まることがなく…!?

ISBN 978-4-8137-0619-9／定価：本体640円＋税

『溺愛診察室～一途な外科医に甘く迫られています～』 田崎《たさき》くるみ・著

28歳の環奈は、祖母が運び込まれた病院で高校の同級生・真太郎に遭遇。彼はこの病院の御曹司で外科医として働いており、再会をきっかけに、ふたりきりで会うように。出かけるたびに「ずっと好きだった。絶対に振り向かせる」と、まさかの熱烈アプローチ！ 昔とは違い、甘くて色気たっぷりな彼にドキドキして…。

ISBN 978-4-8137-0620-5／定価：本体630円＋税

『俺だけ見てろよ～御曹司といきなり新婚生活!?～』 佐倉伊織《さくらいおり》・著

偽装華やかOLの鈴乃は、ある日突然、王子様と呼ばれる渡会に助けられ、食事に誘われる。密かにウエディングドレスを着ることに憧れていると吐露すると「俺が叶えてやるよ」と突然プロポーズ!? いきなり新婚生活をおくることに。鈴野は戸惑うも、ありのままの自分を受け入れてくれる渡会に次第に惹かれていって…。

ISBN 978-4-8137-0621-2／定価：本体640円＋税

タイトル、価格等は変更になることがございますのでご了承ください。

ベリーズ文庫 2019年2月発売

『転生令嬢の異世界ほっこり温泉物語』 吉澤《よしざわ》紗矢《さや》・著

婚約者の浮気現場を目撃した瞬間、意識を失い…目覚めると日本人だった前世の記憶を取り戻した令嬢・エリカ。結婚を諦め、移り住んだ村で温泉を発掘。前世の記憶を活かして、盗賊から逃げてきた男性・ライと一大温泉リゾートを開発する。ライと仲良くなるも、実は彼は隣国の次期国王候補で、自国に戻ることに。温泉経営は順調だけど、思い出すのはライのことばかりで…!?

ISBN 978-4-8137-0622-9／定価：本体640円＋税

『しあわせ食堂の異世界ご飯3』 ぷにちゃん・著

料理が得意な女の子が、突然王女・アリアに転生!?　ひょんなことからお料理スキルを生かし、『しあわせ食堂』のシェフとして働くことに。アリアの作る絶品料理は冷酷な皇帝・リントの胃袋を掴み、彼の花嫁候補に!?　そんなある日、アリアの弟子になりたい小さな女の子が現れて!?　人気シリーズ、待望の3巻！

ISBN 978-4-8137-0623-6／定価：本体610円＋税

ベリーズ文庫 2019年3月発売予定

Now Printing

『お見合い相手は、不愛想な俺様ドクター』　紅《くれない》カオル・著

お弁当の看板娘・千花は、ある日父親から無理やりお見合いをさせられることに。相手はお店の常連で、近くの総合病院の御曹司である敏腕外科医の久城だった。千花の気持ちなどお構いなしに強引に結婚を進めた彼は、「5回キスするまでに、俺を好きにさせてやる」と色気たっぷりに宣戦布告をしてきて…!?

ISBN 978-4-8137-0637-3／予価600円＋税

Now Printing

『新作書き下ろし』　若菜《わかな》モモ・著

高名な陶芸家の孫娘・茉莉花は、実家を訪れた華道の次期家元・伊蕗と出会う。そこで祖父から、実はふたりは許婚だと知らされて…その場で結婚を快諾する伊蕗に驚くが、茉莉花も彼にひと目惚れ。交際0日でいきなり婚約期間がスタートする。甘い逢瀬を重ねるにつれ、茉莉花は彼の大人の余裕に陥落寸前…!?

ISBN 978-4-8137-0638-0／予価600円＋税

Now Printing

『ウェディング・シンフォニー～傲慢な彼とオモチャな私～』　日向野《ひなたの》ジュン・著

仕事人間で彼氏なしの椛は、勤務中に貧血で倒れてしまう。そんな椛を介抱してくれたのは、イケメン副社長・矢嶌だった。そのまま彼の家で面倒を見てもらうことになり、まさかの同棲生活がスタート！　仕事に厳しく苦手なタイプだと思っていたけれど、「お前を俺のものにする」と甘く大胆に迫ってきて…!?

ISBN 978-4-8137-0639-7／予価600円＋税

Now Printing

『社長に24時間独占されています』　藍里《あいさと》まめ・著

下宿屋の娘・有紀子は祖父母が亡くなり、下宿を畳むことに。すると元・住人のイケメン紳士・桐島に「ここは僕が買う、その代わり毎日ご飯を作って」と交換条件を迫られ、まさかのふたり暮らしがスタート!?　しかも彼は有名製菓会社の御曹司だと判明！「もう遠慮しない」――突然の溺愛宣言に陥落寸前!?

ISBN 978-4-8137-0640-3／予価600円＋税

Now Printing

『ベリーズ文庫溺甘アンソロジー2』

「オフィスラブ」をテーマに、ベリーズ文庫人気作家のあさぎ千夜春、佐倉伊織、水守恵蓮、高田ちさき、白石さよが書き下ろす魅惑の溺甘アンソロジー！　御曹司、副社長、CEOなどハイスペック男子とオフィス内で繰り広げるとっておきの大人の極上ラブストーリー5作品を収録！

ISBN 978-4-8137-0641-0／予価600円＋税

タイトル、価格等は変更になることがございますのでご了承ください。